ご用命とあらば、ゆりかごからお墓まで
万両百貨店外商部奇譚

真梨幸子

幻冬舎文庫

Introduction

外商（がいしょう）を辞書で調べると、「デパートなどで、店内の売場でなく、直接客のところへ出かけて行って販売すること」と説明されている。もちろんそれで正解なのだが、充分ではない。外商という部門はもともと呉服屋のご用聞き制度がルーツで、百貨店の店舗で行われている販売とは、一線を画す。店舗では、店員と客はその場だけの関係だが、外商と顧客の関係はそれこそ一生もので、「ゆりかご」から「墓」までお世話するのが外商の仕事なのだ。そういう意味では、「執事」または「秘書」ともいえる。さらに、顧客の話し相手をしたり日々の相談に乗ったりするのも、外商の仕事の内だ。そういう意味では、「コンパニオン」ともいえる。

（本文141頁より抜粋）

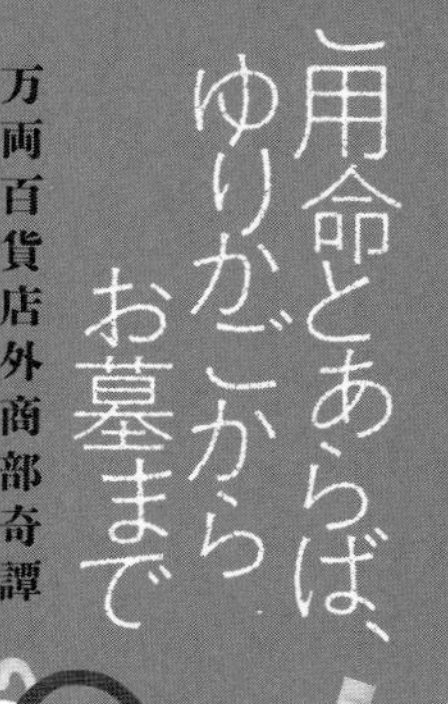

ご用命とあらば、ゆりかごからお墓まで

万両百貨店外商部奇譚

目次

第一話　タニマチ

1

なんで、こんなことをしているのか。

森本歌穂(もりもとかほ)は、クリスタルビーズにテグスを通しながら、ふと、息を漏らした。

が、他の六人は、黙々とビーズを編んでいる。彼女たちが囲む丸テーブルの上には、まるでマリー・アントワネットがつけていたようなネックレスのイラスト。「首飾り事件」のときのネックレスを模写したそうだ。それを見せられたとき、そんなものがど素人の私たちに作れるはずもないと思った。が、瀧島(たきしま)さんは言った。

「大丈夫。愛があれば不可能はないわ！」

愛があれば。これは瀧島さんの口癖で、または呪文だった。これを言えば、ここにいる連中は、スイッチが入ったロボットのように使命に立ち向かう。

そう、今日の使命は、「豪華絢爛(けんらん)なネックレスを一日で作り上げる」というものだった。

無理だ。絶対無理だ。歌穂は、これ見よがしに腕時計を見た。

もう、夜の十一時。……帰りたい。そろそろ出ないと、終電に間に合わない。

歌穂は、今一度、息を漏らした。

なのに、他の六人は、呼吸する時間すら惜しいというようなひたむきさで、ひたすら、ビーズを編んでいる。

「あ、これは、平成十五年の春レビューね！」

手を動かしたままそう声を上げたのは、白井(しらい)さんだった。

歌穂は、ちらりとテレビを見た。もうかれこれ八時間はつけっぱなしのテレビには、次々と古い映像が再生されている。

『熱海乙女歌劇団』

という滲(にじ)んだテロップが、目に痛い。歌穂は、ビーズを編む手を止めると、目頭を揉(も)んだ。

熱海乙女歌劇団(あたみおとめかげきだん)。

正直言って、それまで聞いたことがない名前だった。宝塚歌劇団や松竹歌劇団なら聞いたことはあるが。

「まあ、確かに、今ではあまりメジャーではないからね。でも、歴史は宝塚に負けてないし、舞台の完成度も高いのよ。ファンの熱心さに関しては、むしろ宝塚以上ね」

三ヶ月前、大塚さんは言った。そう、初めて、この部屋に上がったときだ。

大塚さんは、職場の先輩だった。面倒見がいい人で、部署替えで一人浮いていた歌穂によく声をかけてくれた。そんなことが半年ほど続いたある日、突然、誘われた。「瀧島さんという方の家で、ちょっとした集まりがあるの。遊びに来ない？」

思えば、それがはじまりだった。そう、三ヶ月前の、今日のような週末。品川駅から歩いて十分、四階建てのマンション。ドアを開けると、すでに先客があった。白井さんに日高さんに上野さんに川越さん。……そして瀧島さんの五人に囲まれて、延々と話を聞かされて、説得され、DVDを何十本も見せられて、意識も朦朧とした夜の十時半、「はい、ファンクラブに入会します」と、歌穂は白旗を振っていた。

これじゃ、まるで、どっかの宗教の勧誘じゃないか。あるいは、マルチ商法。

……などと文句を言いつつも、こうやって週末になると瀧島さんの部屋に集合し、ファンクラブの手伝いをしているのだから、案外楽しんでいるのだろうなと歌穂は苦笑した。いや、それどころか、ハマりつつある。それまではその存在すら知らなかったのに、今となっては「熱海」という言葉にすら敏感に反応するようになった。ソラで、歌劇団の歴史を朗読できるほどだ。

それだけではない。団員は月給制なのだが、その基本給が恐ろしく低く抑えられている。たぶん、一般の新人ＯＬ並みだ。人によってはそれ以下だ。それでは、芸能活動もままならない。なので、宿泊費、交通費、美容代、衣装代、レッスン料、先生への付け届けなどの各経費もファンクラブで賄っている。もっといえば、団員の身の回りの世話をする付き人兼運転手兼マネージャーもファンクラブで雇わなければならないので、この人件費も相当なものだ。海野もくずの場合、上野さんがその任にあたっているが、上野さんはそのために、仕事を辞めてしまったらしい。無論、収入はゼロ。

「もくずちゃんのマンション、幽霊が出るらしいのよ。それで、もくずちゃん、怯えてしまって……」

上野さんはしみじみと言った。どうやら、お金の話から逸れたようだ。歌穂はほっと肩の力を抜いた。

「それで、引っ越したいって。……できたら、白金あたりに」

「白金？……お家賃、高そうね」白井さんが、反応した。

「何を言っているの。お金の問題じゃないでしょう？　もくずちゃんが引っ越したいのなら、それを支えなくちゃ」上野さんが声を荒らげる。

歌穂は、肩をこわばらせた。……というか、まさか、マンションの家賃まで、ファンクラブで？　歌穂の手が自然と震える。

「半年前に、車を買いかえたばかりよ？」

え、まさか。車も、ファンクラブ持ち……？

「だって、しょうがないじゃない。もくずちゃん、腰痛だって……。だから、揺れの少ない車がいいって……。って、白井さん、さっきから、なに？　もくずちゃんのためにお金を使いたくないってことなの？」

「違うわよ！」白井さんが、オペラ歌手のように声を張り上げた。「私だって、私だって、もくずちゃんのためなら、なんでもしてあげたいわよ！　でも、現実を見て。私たちは、ただの、庶民なのよ！　私はしがない公務員。日高さんは二児の母親で専業主婦。上野さんは無職、川越さんは会社員で、瀧島さんは……」

「タニマチ」

瀧島さんが、喉の奥から絞り出すように言った。

「タニマチが、必要ね」

タニマチ……？　つまり、パトロンってこと？

皆の視線が、瀧島さんに集まった。その視線に応えるかのように、瀧島さんは両手を振り上げた。

脱税？

「先生の場合、……必要経費が少ないんですよ」

目の前に座る税理士が、スコーンにクロテッドクリームを塗りながら言った。

「必要経費？　ちゃんと領収書、全部渡してあるわよ？」菜穂子は、フィンガーサンドをようやく口元に運ぶと、言った。

「あれだけじゃ、全然ですよ」

「そうなの？　私としては、結構使っている気がするんだけれど」

「他の人はもっと使ってますよ？　先生もバンバン、使わなくちゃ」

「必要な経費は、ちゃんと使っているわ」

「だから、時には、〝必要でない〟経費も……」

「そんなこと言ったって。必要だから使う経費が、〝必要経費〟じゃない？　必要ないのに使うわけにはいかないわ」

「ほんと、先生は真面目でいらっしゃるから」

税理士は、ため息混じりで、スコーンをかじった。

「なら、他の人は、どうしているの？」

菜穂子も、フィンガーサンドを口に押し込んだ。

「人件費とか車とか……中には、事務所という名目で家を買う人も」

「馬鹿馬鹿しい。全部、私には必要ないわ」

「人は雇わないんですか？　マネージャーとか。アシスタントとか」

「人を雇うと、いろいろ面倒。人間関係のトラブルとか、絶対あるじゃない？　そんなの御免だわ。一人が一番」

「でも、細々（こまごま）とした買い物とか色々な手配とか……お一人じゃ、大変じゃありませんか？」

「買い物？」菜穂子は、もうひとつフィンガーサンドを摘み上げると、吐き捨てるように言った。「そういうのは百貨店の外商（がいしょう）さんに全部お願いしているから」

「なら……車は？」

「タクシーがあれば、充分よ。車なんて、維持費ばかりかかって、面倒。そもそも、私、免許ないし」

「いっそのこと、高級マンションを買って、仕事場にするとか」

「今のマンションで間に合ってます。……今の部屋だって、お家賃二十万円はするのよ？　贅沢（ぜいたく）よ」

「先生の収入でしたら、その五倍のお家賃が相場ですけどね」

「五倍？」食欲が一気に失（う）せる。菜穂子は、フィンガーサンドを皿に戻すと言った。「分不相応なことはしない主義なの。身の丈に合わないことをすると、必ず足を掬われるわ」

「今の生活のほうが、分不相応だと思いますけど？　先生の収入でしたら、もっともっと、お金を使っていいんですよ？」

「もう、そうやって煽るのはやめて。……私、所詮、浪費するタイプじゃないのよ。なんていうか……無駄なお金を使うと、罪悪感があるのよ。かえってストレスになる。根っからの貧乏性なのね」

「……じゃ、こうしたらどうでしょう？　法人化するとか」

「法人？」

「先生の収入ならば、たいがいは、法人にしますよ。そうすれば節税にもなるし」

「いやよ。法人なんて。それこそ面倒の極致じゃない。だって、役員とか決めなくちゃいけないんでしょう？」

「ええ、まあ。……でも」

ああ、なるほど。この人の今日の目的は、これなんだ。〝法人化〟。顧客が法人を立ち上げれば、それだけ顧問料と手数料が望めると。だから、今日はこんなに殺気立っているんだわ。

「ね、一度成功した人があっという間に奈落の底に落とされる共通点ってなんだと思う？」

ダージリンティーを一口啜ると、菜穂子はもったいぶるように質問を投げつけた。

「なんです？」

「拡大」

「拡大？」

「そう、拡大。つまり、手を広げすぎるのが、失敗の元なのよ。人は、大金が入ると、つい気が大きくなって、事業を拡大したり投資したりするけれど、たいがいはそれで足を引っ張られて資金繰りに困り、破綻するものなのよ。こぢんまりとやっていれば安泰だったのに、周囲の煽(おだ)てや無責任な助言に乗せられて手を広げすぎて、そしてついには地獄に落とされた失敗者を、私は多く見ている。手を広げるってことは、それだけリスクも広がるってことなのよ」

「まあ、確かに、他人を雇い入れると、そういうリスクも……。なら、ご家族は？　ご家族を役員にする例は多いですけれど」

「ダメダメ。もっとダメ。家族経営こそ、リスクそのものよ。身内だから甘えが出るのか、お金の使い込みや横領なんかが多く発生してしまうものなのよ」菜穂子は、もう一口ダージリンティーを含むと、言った。「私の知人の話なんだけれど。その人は税理士の助言に従って法人を立ち上げて父親を役員にしたの。で、お金をすべて父親の口座に入れていたんだけれど、その口座のお金は、父親の愛人がすべて引き出してしまって、結局、破産。それどこ

なので、是非、先生に原石を磨いていただいて、立派なダイヤに仕上げてほしいのです！」

「ダイヤ……？」

「とにかく、これを、見てください」

そして、税理士は、分厚いファイルを取り出した。それには、なにやら写真が大量に貼られている。

「どうですか？　ビジュアルは相当なものだと思いませんか？　原石の状態でこれですから、これを磨いたら、とんでもないことになりますよ」

「は……」

「スターを育て上げる。これほどの〝生き甲斐〟があるでしょうか？　これほどの社会貢献があるでしょうか？　これほどの喜びがあるでしょうか？」

「……スターを……育て上げる……？」

「そうです。先生のその手で！　馬主になったおつもりで！」

「馬主……」

「まずは、印になるものを……アクセサリーを買ってあげてください。それを肌身離さず身につけさせます。そうすれば、先生はいつでも、愛馬が自分と繋がっていることを感じることができます。これほどの快感はございませんよ？」

「アクセサリー……？」

「とにかく、できればずっと身につけていられる高価なものを」

「高価なもの……」

「あとは、月々、御花代として、お小遣いと生活費を援助してあげてください。マンションのお家賃も。舞台があるときは、楽屋の差し入れもお願いします。できれば、付き人の人件費も出していただけると助かります。勉強になりますから、一流のオペラやバレエなどの観劇もさせてください。あ、時には美味しいものを食べさせてくださいね。あとは、歌とダンスのレッスン料、スタッフに包む付け届け、それから、それから……」

3

「まったく、馬鹿馬鹿しい話でしょう？」

菜穂子は、キッチンで忙しく仕事をしているその女性に向かって、声を荒らげた。

「ほんと、今思い出しても、むしゃくしゃする」

「で、その馬主……じゃなくて、後援の話はどうなったのですか？」

「もちろん、断ったわ。だって、見せられた写真が、どれもひどいのよ。一般人以下。スターのオーラなんか、ひとつもなかった」

「では、その税理士さんは？」

「確定申告後に、契約を打ち切ったわ」

「そうなんですか……。では、今は、顧問税理士さんは？」

「今は、まだいないの。ね、誰か、いい人いないかしら？」

言ったあと、菜穂子ははっと口を噤(つぐ)んだ。どんな注文も取り付ける百貨店の外商とはいえ、さすがに、税理士の紹介までは頼めないだろう。

「ご用命とあらば。ご紹介いたしましょう」

しかし、外商は振り返ると、にこりと笑った。そして、冷蔵庫をぴしゃりと閉めると、

「今週のお食事は、すべてこの冷蔵庫に収納いたしました。日本全国のお惣菜を取り寄せました。あとは、電子レンジでチンするだけでございます」

「ありがとう。ほんと、助かるわ。毎回外食じゃ、体にも悪いし」

「それで、お衣装はいかがでしょうか？」

菜穂子は、ソファーに並べられた四種類のコーディネートを、改めて眺めた。

これを並べたのは外商で、相変わらずのセンスのよさに感心していたところだった。まさにスタイリスト顔負けのセンス。テレビの生放送で着る服で悩んでいると連絡したのが二時

間前。その一時間後には、服と食料品を抱えて、この部屋に到着した。

「うーん、どれも素敵で、迷っちゃうのよね。……いっそのこと、全部買っちゃおうかしら」

「衝動買いはいけません。どうか、じっくりとお選びください」

押し売りをしないのも、菜穂子がこの外商を気に入っている点だった。無駄な買い物は絶対させせない。お客様に〝必要〟なものしかお勧めしない、というのが、彼女のコンセプトらしい。

「でもね、あの税理士が言うことも分かるのよ」

菜穂子は、コバルトブルーのテーラードジャケットを手に取りながら、言った。

「何かに熱中するってことは、生きる気力になるって。そして、強くもなれる。……それは、分かっている」

ジャケットの絹の手触りを味わいながら、菜穂子は続けた。

「私ね、中学校の頃、イジメにあっててね。いわゆる、シカトってやつ。教室の移動のときもお昼休みも運動会のときも遠足も、もちろん登下校も、いっつも一人ぼっちだった。ほんと、辛かった。死にたいと思った。実際、死のうと思ったのよ。……そう、忘れもしない、昭和五十一年十一月。寒い日だった。家には誰もいない。みんな出掛けてしまって、私一人、残された。……家でも一人ぼっち。底なしの孤独感。この世界に、私の味方は一人もいない。私が死んでも、誰も悲しまない。私なんか、いなくても世界は変わらない。

……なら、死んでしまおう。こんな世の中にはなんの未練もない。楽しみもない。……気がつくと、私は、剃刀(かみそり)を探していた。それで手首を切れば死ねる。でも、剃刀は見つからなかった。どこにもなかった。……いつのまにか、私はリビングにいた。暗いリビング。寒いリビング。無意識に、私は、テレビをつけていたの。死の淵にいた私がなんでわざわざテレビをつけたのかは分からない。あるいは、目に見えないなにかが私にそうさせたのかもしれない。いずれにしても、私は、テレビをつけたの。……そして、映し出されたそれに、私は釘づけになった」

「それは、なんだったのですか？」

「女子プロよ」

「女子の……プロレスですか？」

「そう。……ビューティ・ペア。知っている？」

「ええ、もちろん。『かけめぐる青春』ですよね？」

「そう。そのとき、まさに、『かけめぐる青春』のお披露目だったの。歌い踊る二人の女の子に、私は、一目で、落ちてしまった……」

「落ちてしまったんですか」

「世界が、がらりと変わったわ。それまでの墨色の世界が、一気に薔薇色になった。孤独は吹き飛び、私の体は、〝生きる〟喜びと気力で充たされた。それからは、イジメも一人ぼっちも、全然怖くなくなった。だって、私にはビューティ・ペアがいるんだもの。彼女たちのことを考えるだけで、私はどんな辛いことも我慢できたし、そもそも、辛いことなんか、なくなってしまったのよ」

「ビューティ・ペアのどちらがお好きだったんですか？」

「もちろん、ジャッキー様、マキちゃん、二人ともよ。でも、しいて言えば、ジャッキー様かな」

「ジャッキー佐藤ですね」

「そう。百七十三センチ、六十八キロ。得意技はブレーン・バスター、エアプレーン・スピン。……ああ、本当に素敵だった、ジャッキー様。一匹狼な雰囲気が特にたまらなかった。……ジャッキー様の本名は〝佐藤尚子〟っていうんだけれど、私も、字は違うけれど、〝ナオコ〟じゃない？　生まれて初めて親に感謝したものよ。ジャッキー様とオソロの名前なんて、素敵すぎる！　って。でも、もし、ジャッキー様と結婚したら、二人とも〝サトウナオコ〟になってしまうから、ちょっと紛らわしいかしら？　なんて、悩んだりして」

「ジャッキー佐藤と……結婚？」

「あら、イヤだ。ただの、妄想よ。できるわけないじゃない、女同士なんだし。……そう、それに気づいたとき、どうしたら女同士で結婚できるかしら？　いっそのこと総理大臣になって、同性婚を認める法律を作ればいいんじゃないかしら？　だったら、猛勉強して東大に入らなくちゃ！……なんて」

「それで、東大に進まれたのですね」

「まあ……それは、ちょっと違うんだけれど」

菜穂子は、ふと視線を落とした。……なんで、私、こんな話をしているのだろう。そうだ、このジャケット。このジャケットが、あまりにも、ジャッキー様が着ていらしたものとそっくりだから、つい、思い出してしまった。

そう、あの日、テレビでビューティ・ペアを見たときから、私の青春は、まさに〝かけめぐる青春〟。寝ても覚めてもビューティ・ペア。試合にももちろん行ったし、浅草国際劇場で行われた〝ビューティ・ペア・ショー〟にも行ったわ。法被（はっぴ）を着て、鉢巻して、ウチワを持って、日本全国、どこまでも追っかけた。

でも。

「昭和五十四年一月四日、後楽園ホール。とんでもない発表があったのよ」

「……もしかして、敗者引退マッチの宣言ですか？」

「そう！　ジャッキー様とマキちゃんが闘って、負けたほうが引退するという発表が、本人たちの口からあったのよ！　あのときのジャッキー様の苦悩の表情は、今も忘れられない……。後楽園ホールの後ろの席でそれを見ていた私は、絶叫したものよ。やめて、やめて、引退なんて、やめてぇぇぇ、ビューティ・ペアは不滅よーって。そこにいたファンたちは、みな、同じ気持ちだった」

「でも、敗者引退マッチは行われたんですね」

「ええ、その年の二月二十七日に、日本武道館で。もちろん、私も行ったわ。ジャッキー様にもマキちゃんにも引退してほしくない私は、どっちを応援していいやら、とにかく、ずっと泣き叫んでいた。だって、どっちが勝っても、どっちが負けても、ビューティ・ペアは解散なのだから。私が青春を捧げた偶像が消えてしまうのだから……」

「確か、そのマッチは、ジャッキー佐藤が勝利……」

「ええ、そうよ。エビ固めで、ジャッキー様がマキちゃんに勝利したのよ。……なのに、喜ぶ者は誰一人としていなかった。悲しみの絶叫と悲鳴で、武道館は埋め尽くされたのよ！」

……終わった。私の青春が、終わった。

目の前が真っ暗になり、世界が足元から崩れ落ちた。こんなことならば、ビューティ・ペ

ドに、ダイヤモンドまである。これだけで、百万はするんじゃなかろうか。……ほんと、みんな、すごいよ。なにも、わざわざ〝おばさま〟を見つけなくても、すでに、ここにいる人たちが〝おばさま〟、つまり、〝タニマチ〟なのだ。このマンションだって、御殿山の高級住宅地に建つ億ションのペントハウス。リビングだけで、三十畳はある。

白井さんは財務省に勤める高級官僚、日高さんはレストランチェーン会社社長の奥様、上野さんは無職だけれど親が資産家、川越さんは高給取りで知られる医学系出版社の編集者、そして瀧島さんはこの辺りの地主で絵に描いたような富裕層。

「それで、大塚さん。例の件は、どうなりましたか？　新しい〝タニマチ〟の件」

瀧島さんが、とうとうその話を振った。歌穂は、体を硬直させた。

「はい。その件に関しては、近日中に吉報を」しかし、大塚さんは堂々と言った。「皆様の期待に添えるような方を、ご紹介できると思います」

5

「大塚さん、本当に、大丈夫なんですかぁ？」

翌日。社員食堂で大塚さんの姿を見つけた歌穂は、その隣にトレイを置いた。

「え？　なにが？」シーザーサラダにドレッシングをかけながら、大塚さんは惚けたように、応えた。

「だから、〝タニマチ〟の件ですよぉ」

「ああ、それだったら、もう決着したわ。さっき、先方から電話があって、是非、今度、舞台を見に行きたいって」

「え、……落としたんですか？」歌穂は、横に座る大塚さんの顔を覗き込んだ。「どうやって？……誰を？」

「だから。前にも言ったでしょう。私のお客様よ。瀧島様が編集された〝もくずちゃんスペシャル〟をそれとなく、見せてみたのよ。そしたら、案の定、興味を持ってくださったの。特に、海野もくずの女子レスラー役のシーンがいたく気に入られたご様子で」

「……そんなことで？」

「あら、森本さんだって、あのDVDを初めて見たとき大泣きしたくせに」

「ええ、まあ、……確かに」

「そもそも、その方にはそういう要素があったのよ。心が空っぽ空っぽと言いながら、心に空いた穴を埋めたがっていた。私は、それをお手伝いしただけ」

「でも、なんだか、その人には気の毒ですねぇ。……だって、あの調子だったら、かなりお金を貢がされますよ？」

「それでいいのよ。それがその方の、真の望みだったのだから。……お客様が無意識のうちに望んでいるものを察して、それを最良のタイミングでご提示する。それも私たちの仕事よ」

すごい！

やっぱり、大塚さんは、すごい！

歌穂は、心の中で叫んだ。

さすがは、万両（まんりょう）百貨店外商部のトップセールスウーマンだわ！　まさに、ザ・コンシェルジュ！

お客様のご要望とあらば、どんな無茶振りにも応えてしまう。

ちなみに瀧島さんは、大塚さんのお客様だ。海野もくずのファンクラブを作りたいという瀧島さんの要望でファンも集めた。そんな感じで、自らお客様の懐に飛び込み、時にはファンクラブ、時には老人会、時には保護者会、時には宗教の座談会、時には秘密結社のサークルに参加し、その場でさらに注文を取り付けるのだ。昨日の手作りクラウンの材料も、大塚さんが取り寄せたものだ。先週のネックレスも。それだけで、いったい何百万の売り上げになったか。

私も頑張らなくちゃ。歌穂は、拳を握った。

総務部からいきなり外商部に配属になったときは辞表を出そうかと思うほど面喰らったけれど、今となっては、この仕事の奥深さ、そしておもしろさに目覚めつつある。

「でも、くれぐれも、気をつけてね」

どういう意味なのか、大塚さんが重々しい口調で、そんなことを言う。

「お客様はあくまでお客様。所詮は〝他人〟よ。深入りはしないように」

よくは分からないが、歌穂は「はい」と小さく頷いた。

第二話 トイチ

1

「ちょっと、サンバに行ってきます」

え？　サンバ？……サンバ？

またまた、謎の言葉が出てきて、由佳子は小さな悲鳴を飲み込んだ。

朝から、もういくつめの悲鳴だろうか。もう、胃の中は、悲鳴であふれかえっている。これ以上飲み込んだら、きっと胃酸ごとぶちまけてしまうだろう。実際、喉の奥がひりひりと痛い。胃酸はもうそこまで来ている。

「トイレのことよ」

え？

「だから、サンバっていうのは、トイレのことよ。まあ、正確にはサンバンなんだけど。数字の三番。でも、いつのまにかサンバになったみたい」

その声は、井上さんだった。

しかし、当の井上さんはすました顔で、ぴんと背筋を伸ばして前方を見ている。

どこで会得した技なのか、井上さんの腹話術にはさっきから驚かされっぱなしだ。今も、端から見たら、笑みをたたえながらお客様を待つ真面目な店員だ。ところがどっこい。その口は常に動いている。そして絶え間なく言葉を吐き出している。そのほとんどは与太話に属するものだが、その合間を縫って、解説もしてくれている。由佳子にとってはありがたい字引きでもあった。

「サンバ……サンバン……トイレ？」

どうやら、隠語のようだった。その由来は分からないが、とにかく、トイレに行くときは、〝サンバ〟という言葉を使わなくてはならないらしい。

越野由佳子は、エプロンのポケットからメモ帳とボールペンを引き抜くと、「サンバ、トイレ」と書き殴った。

メモ帳にはすでに、十を超す隠語やら専門用語やらが躍っている。まだ、開店して一時間しか経っていないのに。

信じられない。

由佳子は、改めて身震いした。

昨日まではしがない無職だったのに、今は、老舗百貨店の売り子として売場に立っているなんて。本当に信じられない。接客などしたことないど素人なのに。客として百貨店に来ることもほとんどなかったのに。そもそも、派遣の売り子のことを〝マネキン〟と呼ぶことも、昨日、知ったばかりなのに。

世の中って、案外、雑なんだな。由佳子は思った。

これまでは、プロとアマの間には深くて険しい谷があると思っていた。その谷を越えて、プロという輝かしい山にたどり着くには、厳しい修業と知識の習得が必要なのだと。そして、そんなことは自分にはとても無理なのだと。自分は、なんの取り柄もない石ころのような存在だ。得意なものもなければ、人付き合いも悪い。誉められた経験もあまりない。自分のようなとるに足らない存在は、世の中に出てはいけない、世の中の迷惑になる。だから、ひっそりと家に閉じこもっていたほうが世のため人のためなのだ。

だから、大学を卒業してからは、就職することもなく、人とのかかわり合いも極力避け、主に家の中で息を潜めて生きてきた。自分にとっては、これも修業のつもりだった。そう、隠遁生活。古の貴族たちが、栄華と欲望の果てにたどり着く、究極の精神世界。もちろん自分は栄華や欲望とはほど遠いが、ショートカットでその境地にひとっ飛びするというのも現代的ではないか。

しかし、母は言った。

「あなたみたいな人を、なんて言うか知っている？　ニート。引きこもり。または、パラサイトシングル」

母親は、次々と言葉を並べていった。その言葉はどれも精神世界とはかけ離れた、ゴシップ雑誌臭がぷんぷんする、俗っぽいものだった。由佳子は耳をふさいだ。しかし、母はその手をはらった。

「だめ、現実をちゃんと直視しなさい。でなければ、この家を出て行きなさい」

そんな二者択一を押しつけられ、由佳子が選んだのは、前者だった。いや、選ばされた。

そして、気がつけば、『ワクワクマネキン紹介所』の応接室にいた。昨日のことである。

その手には、母が持たせた履歴書。震え怯える由佳子に、『ワクワクマネキン紹介所』の所長は言った。

「明日から、万両百貨店品川店の食品売場に入ってください。〝ラ・ジュテーム〟という洋菓子メーカーです。お中元の繁忙期は過ぎましたが、お盆商戦が控えてますからね。頑張ってください」

「明日から……ですか？」

「はい。明日から。万両百貨店品川店、場所は分かりますよね？」

「ええ、まあ。……一人で行くんですか？」

「はい。一人で行ってください」

そして、今日。

十数年ぶりに電車に揺られ、万両百貨店にやってきた。が、社員専用口というのを知らず、百貨店のエントランス前で待つこと三十分。偶然通りかかった万両百貨店の社員に声をかけられて社員専用口に連れて行ってもらえなかったら、間違いなく大遅刻だった。が、ここからがまた、迷路だった。いったい、どこに行けばいいのか。一応、マネキン紹介所の所長からは、「洋菓子ラ・ジュテームの売場に直接行ってください」と言われていたが。洋菓子ラ・ジュテームって、どこ？

誰かに訊きたくても、みな殺気立っていてとても声をかけられる状態ではない。誰もが我先にと、なにかに追い立てられているように、ただひたすら、どこかに向かっている。由佳子は、幼い頃に行った祭りを思い出した。あのとき、観衆に小突かれて道に倒されてそして踏んづけられたのがきっかけで、他人が怖くなった。人が多く集まる場所はもちろん、人がそこにいるだけで冷や汗をかき、呼吸が荒くなる。時には、気を失うこともある。このときも、まさにその一歩手前。壁にへばりつき、ぜいぜいと呼吸を乱して蹲（うずくま）っているところを、偶然通りかかった男性社員に助けられた。

「マネキンさんですか？」

頷くのがやっとだった。

「売場は、どこですか？」

由佳子は、握りしめていた手をつきだした。その中には、『洋菓子ラ・ジュテーム』と書かれたメモが入っている。

「ああ、ラ・ジュテームさんですか。なら、ご一緒しましょう」

そうして、ようやく売場にたどり着いたのが、九時十分。この時点で、由佳子はもうへとへとだった。へとへとなんて言葉では足りないほど、へとへとへとすぎて、なんとか理由をこじつけて帰ってしまおうとか、体調不良を理由に休んでしまおうとか、そんな知恵もまわらないほどだった。知恵というのは、それ相応の体力が備わっているときに湧いてくるオプションのようなもので、そもそものパワーが完全ダウンしてしまっているときは、空っぽな躯体。かえって、他者の言葉に従順に従ってしまうものだ。売場に連れてこられた由佳子は、店長と名乗る若い女性……秋元さんに引き渡され、その足で更衣室に連れて行かれ、制服を渡された。

「Lサイズで大丈夫？」

秋元店長は何気なく言ったが、どこか棘（とげ）があるようにも思えた。……いやいや、考えすぎだ。どうしてこうも、自分は被害妄想が過ぎるのか。

「それとも、LLのほうがいいかしら」

いや、さすがに、LLは……。

「ごめんなさいね。うちのユニフォーム、Lまでしかないのよ。そもそも、そんなに大きな人が着ることを想定していないもので」

いや、ただの被害妄想ではない。明らかに、棘がある。

「デザイン的に、大きな人が着ると無理があるし。そもそも、うちの会社の商品は、若い女性がターゲットだから、制服のデザインも若い人に受けるように考えられているの。そもそも、このフリルスカートは、足がすらっときれいな子にはいてほしいわけ。そもそも」

そもそも、そもそも……。

「なのに、なんだって、そもそも……」

秋元店長は、ここで言葉を飲み込んだ。飲み込んだ言葉が多すぎるのか、その両の頬は、冬眠前のリスのように膨らんでいる。

「……越野さんは、何歳ですか？」

「え？」

「いえ、個人情報保護の一環なのか差別防止の一環なのか、マネキンさんの年齢と性別は、こちらには伝えられてなくて」

「は……」

「で、おいくつですか？」

「三十六……」

「なら、ベテランさんですね。頼りにしています」

秋元店長は、まるで少女マンガに出てくる悪役のように、にやりと笑った。

「ベテランさんなら、私なんかが教えることはないですね。いろんなデパートとか回っているんですよね。むしろ、こちらが色々と学ばせてください」

そして、悪役の定番、高飛車に腕を組む。

「では、あと十分で朝礼がはじまりますから、それまでに着替えて売場に来てください」

返事などいらないとばかりに、秋元店長は腕を組んだまま、ぷいと背中を見せた。

「あ、よろしくお願いします」

ようやく出た挨拶だったが、しかし、その場にはもう店長はいなかった。

「店長は相変わらず、せっかちだわね」

そんな声が聞こえて振り返ると、そこには、秋元店長と同じ制服を着た中年の女性がいた。

「悪い人ではないのよ。ただ、仕事に真面目すぎて、あんな感じになるのよ。まあ、気にしないことね」

「は……」

「あ、私、井上といいます。同じロッカー、使うことになります。よろしく」

「あ、…………」よろしくお願いしますと喉の奥で呟きながら、由佳子は、小さくお辞儀した。

「越野さん……でしたっけ？」

「え？……はい」

「越野さんと私、タメだわ。心強い」

「え？」

「店長との会話、聞こえちゃった」

「は……」

「店長、今度こそ若い人が来るに違いないって言っていたから警戒していたけど、タメなら、心強い」

「今度こそ……？」

「で、この業界、長いの？」

「は……あの」この人ならば、本当のことを言っても大丈夫だろう。「実は。……初めてなんです」

「え、そうなの？」

井上さんは、特に驚く様子もなく言った。

「そうか。なら、分からないことはなんでも訊いてね。ダメなんだから、協力しましょう」

「あの、……私、すっごく不安なんです。……本当になにもかもが初めてで」由佳子は、涙声で言った。ぶりっこでもなんでもない。涙が、もうそこまでせり上がってきている。

「大丈夫よ」しかし、井上さんは、たいしたことはないというように、言った。

「私も、接客業なんかしたことないのに、いきなり、売場に放り込まれたんだから」

「井上さんも？」

「そう。ここにいるマネキンは、大概、そうじゃないかしら。実践で、色々と学んでいくのよ」

「そんなんで、大丈夫なんでしょうか？」

「まあ、はじめは色々と大変だけど、すぐに慣れるわよ。接客なんて難しいことじゃないわ。相手は、自分たちと同じ人間なんだから。自分がこうしてほしいと思うことを、お客様にして差し上げればいいだけの話よ」

「でも、私、仕事するのも初めてで」

「え？」井上さんの視線が、ぴたりと止まった。「……仕事するの、初めてなの？」

その表情は、驚いているようにも見えるし、呆れているようにも見えた。……まあ、そりゃそうだろうと。三十六にもなって、今まで仕事したことないなんて、どう考えても、アレすぎる。自分でも分かっている。

「アルバイトもしたことないの？」

「アルバイトといっていいかどうか。内職をちょっとだけ。今も、内職は時々」

「へー」井上さんの視線が、ふと、和らいだ。

「珍しいことじゃないわ。私もそうだったし」

「井上さんも？」

こんなところに、お仲間が！　由佳子の表情筋から、緊張が見る見る抜けていく。呼吸も、ようやく平常に戻った。昨日からずっとこわばっていた肩からも、力がすぅと抜けたような気がした。由佳子は、バッグをようやく肩からはずした。母親から借りたショルダーバッグ。随分と昔に買ったもののようで、形が相当に古臭い。

「あ、バッグ」

しかし、井上さんのその言葉で、肩にもう一度、力が入る。

「私物のバッグは売場には持ち込めないのよ。中身が見える透明なビニールバッグに貴重品と必需品だけ入れ換えるの」

「中身が見える？」

「売り子が商品をこっそり持ち帰らないように。一種の盗難防止」

「盗難防止？」由佳子は、一度床に置いたバッグを、慌てて胸にかき抱いた。

「デパートって、なんだかんだって、いろんな人が出入りしているでしょう？　メーカーさんから直接派遣されてくる人とか、一日限りのアルバイトとか。ま、一番多いのはマネキン紹介所から派遣されてくる、マネキンさんなんだけどね。つまり、デパートの社員ではないスタッフのほうが圧倒的に多いのよ。そういう場合、一番気をつけなくてはならないのが、スタッフによる盗難ってわけ。これ、結構多いのよ。盗難しているってことに気づかずに、慣例としてやっている人も多いの」

「慣例？」由佳子の呼吸が、再び荒くなる。

「お惣菜とかの余り物を持って帰るとか。これも、立派な盗難。……横領よ」

「は……」

「いずれにしても、透明なビニールバッグじゃなきゃ、私物は売場に持ち込めないから。だからといって、私物をロッカーに置きっぱなしというのも、危ないけどね」

井上さんは、口元に手を添えると、声のトーンを下げた。

「更衣室での盗難も、結構多いから、気をつけて。……私も、やられたのよ。お気に入りのネックレス。ロッカーの中に置いていたはずなんだけど、いつのまにか、なくなってた。だから、越野さんも、気をつけて」

「あ、なら、私、どうすれば……ビニールのバッグのこと、聞いてなかったもんで……」由佳子は、ショルダーバッグを胸に抱えながら、呻くように言った。「私、どうすれば……」

「私の、貸してあげる。スペア、持っているから」

「本当ですか？」まさに、助け船。由佳子は声を張り上げた。「ありがとうございます。本当に、助かります！」

「他にも分からないことがあったら、訊いてね。私たち夕メなんだから、色々と協力しあいましょう」

「あ、はい。よろしくお願いします」

「そんなことより、早く着替えないと。朝礼に遅れると、マネージャーに目を付けられるわよ」

「あ、はい」

「それと。イヤリング、ネックレス、結婚指輪以外の指輪ははずして……」井上さんの視線が、由佳子の全身をすばやくスキャンする。「……と、アクセサリーはしてないみたいだから、大丈夫ね。あ、でも、腕時計」

井上さんの視線が、由佳子の左の手首に止まった。

「食品売場では、腕時計も、ご法度」

「あ、はい。とります」

「あと、髪もひとつに縛って」

「あ、はい」

「とにかく、遅刻しないようにね」


あれから、一時間とちょっと。

由佳子は、ただひたすら、陳列ケースのガラスを拭くことに集中した。客と目が合ってはいけない。客に話しかけられたらいけない。幸い、客足はまだ鈍く、このラ・ジュテームの売場にも客は数人しか来ておらず、由佳子の出番はまだなかった。

……一生のお願い、このまま、お客様が来ませんように。その代わりに、この陳列ケースのガラスを、ぴっかぴかに磨き倒します！　だから、それで許して！

ちなみに、洋菓子ラ・ジュテームの売場は、万両百貨店の地下一階、エスカレーターからもエレベーターからも近い場所にあった。由佳子は知らなかったが、ラ・ジュテームは、なかなか人気のメーカーらしい。繁忙期には行列ができると、井上さんが教えてくれた。

売場には、井上さんの他に応援スタッフが三人。シミズさんとヤナイさんとサトウさん。シミズさんとヤナイさんは『ワクワクマネキン紹介所』から派遣されてきているマネキンさんで、みな三十代半ば。サトウさんは百貨店側が採用したアルバイトで、この売場の最年少、二十歳になったばかりだという。ちなみに最古参はシミズさんで、五年選手。以下、ヤナイさん、サトウさん、井上さんと続く。

そして、秋元店長。店長はラ・ジュテーム社の出向社員だという。彼女は今年入社したばかりの新人で、この売場に来たのも、二ヶ月前だという。つまり、どう多く見積もっても二十代前半。なのに、この落ち着きぶりときたら。

「この売場では、唯一のメーカー社員さんだからね、それだけプライドも高いのよ。私たちさすらい組にバカにされないように、必死なの」

さすらい組？　これも隠語だろうか。メモしようとしたとき、

「これは、私が適当につけた呼び名だから、メモしなくていいわよ。私しか使ってないし」

井上さんが、相変わらずの腹話術で言った。

「あちこちの売場をさまよう、自由人。なんか、カッコいいでしょう？」

いらっしゃいませぇ。

そんな声が聞こえてきて、由佳子の体に緊張が走った。

お客様？　いよいよ、お客様なの？　由佳子の視界を、なにやら大きな影がよぎった。由佳子は思わず、一歩、後ずさった。

私、いったい、なにをしたらいいの？　お客様の影は、すぐそこまで来ている。なんだか知らないけれど、ものすごい殺気だ。マダムだ。いかにも、気難しそうなマダムだ。その眼鏡の奥の瞳は、無礼を許さないという光でぎらついている。ひとつでも粗相を働いたら、孫の代まで許しませんわよ！　そんな気合いに満ち満ちている。

ああ、私、いったい、どうしたら！

……しかし、マダムの影は、由佳子の前でひょいと右折した。

「やっぱり、これにしよう。……夏のひんやりバウムクーヘンをくださいな」

はああ。由佳子は、ライオンの猛撃を躱(かわ)した子鹿のように、へなへなと足を震わせた。

マダムが立ち止まったのは、隣の売場だった。バウムクーヘン専門店の、〝木こり堂〟。この店も、今、注目されているようで、開店まもないのにもう行列ができつつある。

ちっ。

そんな小さな舌打ちが聞こえたような気がして振り返ると、そこには、秋元店長の鋭い眼(まな)

差しがあった。眼差しは、〝木こり堂〟の売場に向けられている。

「最近、すっかり、お客様を隣にとられているから、店長、いらいらしてんのよ」

井上さんが、腹話術で言った。

「隣に客がとられたのは、私たちのせいだとも思っているみたい」

「え？」

「〝木こり堂〟の売り子たち、見てみなさいよ。みんな若くてきれいで、まるでモデルさんのようでしょう？ 特に、橋爪さん」

井上さんの視線を追うと、そこには、まるで少女マンガから飛び出してきたような可愛らしい女の子が立っていた。

なんて、小さな顔。なんてきれいな栗色の髪。なんて大きな愛らしい目。なんて白い肌。まさに、お人形のよう。なのに、体はボンキュッボン。フリフリのメイド風ユニフォームが、あまりに悩殺的だ。

「橋爪さんは、まさに看板娘ね。実際、彼女目当ての男性客も増えているし。ここの男性社員も、なんだかんだ理由を見つけては、通ってきているし。……一方、私たちときたら、こんなメイドさんのような制服着せられても、どこからどう見ても中年の集まりだもんね。頼りの最年少のサトウさんは、私たちより年上に見える老け顔だし」

聞こえたのか、サトウさんがちらりとこちらを見る。長い髪を三角巾で覆ってはいるが、なんの主張なのか、髪の一束がその両サイドからだらりと下がっている。本人は戦国時代のお姫様を意識しているのだろうが、どちらかというと、落ち武者だ。朝いちで店長に注意されてなおしたものの、いつのまにか、また、髪を垂らしている。

この人は、苦手だ。

なにを考えてるのか、分からない。

といっても、ここにいる人全員、なにを考えているのか、さっぱり分からないが。

サトウさんが、のそりと動き出した。そして、ビニールバッグを引き出しから取り出すと、ぼそりと言った。

「イチビン、行ってきます」

イ、イチビン……？

「昼休みのことよ。十一時から十二時までが一便、十二時から十三時が二便、十三時から十四時が、三便」

井上さんの腹話術が、ますます冴えわたる。

「越野さんは、三便でいい？　私も三便だから、一緒に行きましょうよ。店長にはもうそう言っておいた」

え、いつのまに。

十三時まで、あと、二時間。あと、二時間。あと、…………。

「じゃ、私も一便、行ってきまぁす」

そう言いながら、ビニールバッグを肘にかけたのは、秋元店長。

「店長は、お客様が少ない時間に、食事を済ませるのよ。昼過ぎぐらいから、ぼちぼち、込んでくるから」

込んでくる？　お客様が、たくさん来るってこと？　由佳子の脇に、イヤな汗が流れてきた。

ああ、もう、イヤだ。帰りたい！

2

「ああ、まったく、信じられない」

秋元美雪(みゆき)は、ため息混じりでトレイをテーブルに置いた。トレイの上には、迷わず選んだヘルシー定食。五百円で一日に必要なミネラルとビタミンがとれるのが売りだ。

「どうしたの？」

襟元から覗くペンダントを弄び（もてあそび）ながらそう応えたのは、ランチ仲間のクボさん。二階婦人服売場に入っているブランドの出向社員だ。クボさんも店長という肩書きで、この春に万両百貨店に配置された。社員食堂で何度か隣り合わせになり、クボさんがラ・ジュテームにシュークリームを買いに来たのがきっかけで、話すようになった。そして、いつからか、ランチと午後の休憩時間、窓際のテーブルで同じ時間を過ごすのが習慣となった。

「今日ね、新しいマネキンさんが来たんだけど――」美雪は箸をとると、早速、小鉢を引き寄せた。「派遣所には、今度こそ、若い子を派遣してくださいね、未経験でもいいですから、とにかく、若くて可愛くて、セクシーな子って言っておいたんだけど」

「ベテランが来ちゃったの？」

「ううん。未経験。しかも、三十六歳。見た目は、もっと上に見えるおばちゃん」

「未経験のおばちゃん？　しかも老け顔？　うわ、最悪の取り合わせ」

「でしょう？」

「チェンジしてもらえば？」

「そうそう簡単にできないのよ。最近、そういうの、厳しくなって。よっぽどの失敗をしてくれないと」

「じゃ、なにか、失敗させちゃえば？」

「なんか、それもイジメみたいでイヤな感じでしょう？　だから、とりあえずは、様子見」

「まあ、三十六歳になるまで未経験なんて人なら、放っておいてもなんかやらかすだろうね」

「早速、やらかしているわよ。お客様が通るたんびに、陳列ケースを磨いている。客なんか来るな！　ってオーラ出しまくりで」

「あらら。大変」

「しかも、ユニフォームのサイズがまるで合ってなくて。ぱっつんぱっつんで、なんか、歩くボンレスハムみたいになっててさ。お客様も笑ってた」

「〝ラ・ジュテーム〟の制服は、無駄に可愛いからね。似合わない人が着たら、それこそ、罰ゲーム」

「マジ、勘弁してほしい」

「……そうそう、派遣といえば」

クボさんは、味噌汁を一口啜ると、言った。

「小耳に挟んだんだけどね、なんか、やんごとなきお姫様が、お忍びで、ここに派遣されているとかなんとか」

「お姫様？　なに、それ」

「いわゆる、外商扱いのお客様のお嬢様らしいんだけど」

「外商の？」

「そう。外商の中でもトップクラスのお得意様。そのお嬢様が、社会経験の一環で、この万両百貨店で、働いているっていうのよ」

「マジで？」

「うん、マジ。外商部の子から直接聞いたから、間違いない」

「そのお姫様、どこにいるの？」

「それは極秘だから、分からないんだけど。……でも、食品売場であることは間違いないみたいよ」

「え、マジ？」美雪の箸が止まる。「でも、うちとは関係ないし」そう呟くと、美雪は、豆腐ハンバーグに箸を入れた。「あ、でも」しかし、再度、箸を止めた。

「そのお忍び様は、いつから働いているの？」

「さあ。具体的なことは。……でも、ここ最近のことじゃない？」

「……最近？」

「なに？　なにか、心当たり、あるの？」

「え？……ううん」美雪は、とりあえずは、否定した。そして、素早く話題を変えた。「ね、そのペンダント、カルティエでしょう？」

「え？　分かる？」クボさんが、見て見てとばかりに、身を乗り出した。

「分かるわよ。……どうしたの？　買ったの？」

「神様からのプレゼント」

「え？」

「っていうか、拾ったの」

「ウソ。ラッキーじゃない」

「でしょう？」

本当に、羨（うらや）ましい。クボさんは強運の持ち主だ。その時計もそのイヤリングも、全部拾いものだという。一方、私は。……ほんと、ついてない。スタッフには恵まれないわ、お得意様を隣の売場にとられるわ、売り上げは下がるわ。

いや、でも。……もしかして、幸運は、すぐそこまで来ているかもしれない。

美雪は、隣のテーブルを見つめた。

3

「小耳に挟んだんだけどね、なんか、やんごとなきお姫様がお忍びで、ここに派遣されているとかなんとか」

そんな言葉が聞こえてきて、根津(ねづ)剛平(こうへい)の肩が、ぴくりと反応した。

そろそろと振り返ると、二人の女性スタッフがぺちゃくちゃ話しながらヘルシー定食を突っついている。一人は洋菓子ラ・ジュテームのスタッフだ。

なるほど。現場スタッフの耳にまで噂は入っているのか。誰だ、話を広めたのは。剛平は、もう一度、後ろを振り返った。

……ああ、もう一人の子は、アパレルメーカーの出向社員だ。彼女は、外商部の女性社員のと仲がよかったはずだ。大学時代の知り合いだとかなんとか。

ということは、外商部の中では、もう公然の秘密になっているということだ。

なんていうことだ。自分だけが知っているスクープだと思ったのに。

「そのお姫様、どこにいるの？」

「それは極秘だから、分からないんだけど。……でも、食品売場であることは間違いないみたいよ」

剛平は、「よっしゃ」と、小さく拳を握りしめた。情報の詳細までは、広まっていないようだ。ということは、今のところ、この情報を正確に摑んでいるのは自分だけだ。もっといえば、この情報を有効に活用することができるのは、自分だけなのだ。

「よっしゃ」

剛平は、今一度、拳を握った。

ようやく巡ってきたチャンスだ。入社九年、もう三十一歳にもなるというのに、これといった功績も挙げられず、外商部の隅でくすぶってきた。成績もじり貧。ノルマもなかなか達成できずにいた。このままでは、飼い殺しだ。いや、飼ってくれているうちはまだいい。下手したら、リストラだ。人事部のリストラリストには、自分の名前がくっきりと記載されているに違いないのだ。それを抹消するためにも、ここで、自分の存在を見せつけなくてはならない。神よ、今一度、チャンスを！　そんな祈りが通じたのか、幸運は意外な形で降って湧いてきた。

話は、昨日に遡(さかのぼ)る。

所用で、『ワクワクマネキン紹介所』に立ち寄ったときだった。

＋

「あら、剛平ちゃん、お久しぶり」

和久田所長が、大袈裟に両手を振り上げた。ハグされたらたまらないと、剛平は、すかさず革張りのソファーに腰を落とした。

相変わらず、少女趣味な部屋だな。落ち着かない。剛平は、無暗に視線を巡らせた。が、どこに視線をやっても、所長の姿が飛び込んでくる。壁一面に、所長の写真が貼られているのだ。それは、どれも所長ご自慢の写真で、かつて、ファッションモデルをしていた頃に撮ったものだそうだ。自慢するだけあって、その立ち姿は、確かに様になっている。草刈正雄にも似てなくはない。

が、視線を正面に持っていくと、そこには、丸坊主の初老の男。むきむきの筋肉を見せびらかすような薄手のTシャツに、ピッチピチのヒョウ柄パンツ、そして頭にはトレードマークのバンダナ。

「で、今日はどうしたの、剛平ちゃん」

所長の顔が、のそっとこちらに近づいてくる。相変わらず、距離が近い。

所長とは、学生時代からの馴染だった。学生時代、割のいいアルバイトを探していたとき、ここの求人広告を見つけた。

『業界で働いてみませんか？　おしゃれ、ファッション、グルメに興味がある人、来たれ！』

というキャッチコピーだったと思う。てっきり、モデル事務所の広告だと思った。が、違った。

「マネキンも、モデルのようなものよ」

そう力強く言い放った所長の言葉が、今でも耳の奥のどこかに貼りついている。

そんなこんなで、学生時代の四年間は、週末と長期休暇限定でメンズマネキンとしてあちこちの百貨店で働いた。その縁で、万両百貨店に就職することもできたのだが。

まさか、自分が百貨店にこんなに長くかかわることになるなんて、思いもしなかった。あのとき、あの求人広告を見なかったら、またはこの和久田所長に出会わなかったら、自分はもっと違う人生があったのかもしれない。たとえば、小学校の頃はマンガ家、中学校の頃は小説家、高校の頃はなにか自営業……そんな将来の夢を思い描いていた。とにかく、人と接するのが昔から苦手だ。そのせいで、中学までは軽いイジメにもあってきた。人間関係の面倒はもう御免だ、できるだけ人とかかわらない職業に就きたい、と漠然と思っていた。なのに、接客業に就くなんて。どんな皮肉だろう。

でも、田舎の両親はひどく喜んでくれた。特に母親の喜びようは派手だった。

「このご時世、正社員ってだけでもありがたいのに、あの老舗の万両百貨店だなんて！　もう、嬉しくて死にそうよ。定年まで、死ぬ気で働きなさいね！」

母親は、未だに、息子が老舗百貨店の正社員ということが自慢で仕方がない。母親の世代にとって、〝百貨店〟というのはステータスなのだ。しかも、万両百貨店は、江戸時代から続く老舗。母親の世代にとって、〝老舗〟という言葉には特別な意味があるらしい。……実態は、ステータスからも特別からもかけ離れた、俗っぽくて泥臭い業界なのだが。

剛平が所属する外商部は、まさに泥臭さの極致だ。この日も、剛平が『ワクワクマネキン紹介所』を訪れたのは、営業の一環だった。和久田所長は、名簿上は、剛平の顧客だった。万両百貨店に就職が決まり、外商部に配属になったとき、お祝いで顧客になってくれたのだ。が、所長は生来、ケチな性分だ。普段はなかなか売り上げに貢献してくれない。が、時には、大きな買い物をしてくれる。去年の今頃は、豪華客船世界一周クルーズを注文してくれた。ご両親へのプレゼントだ。その売り上げ、約二千万円。今年もそんな幸運をいただけないものだろうか。七月はなんとかノルマを達成できたが、八月は少し厳しい。そこで、藁にもすがる思いでここに来たのだった。

「母が、なんだかホームシックにかかっちゃったみたいなのよ」和久田所長は、剛平を牽制するように言った。「日本を離れて、もう三ヶ月。そりゃそうよね、さすがに日本が恋しくなるわよね」

「今頃は、スペインあたりでしょうか？」

「ううん、イギリスみたい」

「イギリス！　それは羨ましい！　ご両親とも、イギリスが大好きでしたよね？　今頃は、旅を満喫してらっしゃるんでしょうね」

「うーん。そうでもないみたい。なんだか、連日、父と母からメールが来るんだけどね、どちらも、お互いの愚痴ばかり。なんだか、かえって、仲が悪くなったわ、あの二人」

「は……」剛平は、言葉につまった。去年の今頃、『最近、両親の仲が冷え切っているのが心配だ』という和久田所長の言葉をすかさず摑み取り、世界一周の旅を勧めたのだった。ダメ元で勧めたのだが、これが意外ととんとん拍子で進み、翌週には晴れて契約まで行った。今回も、そういう展開を期待していたが、どうも雲行きが怪しい。

「あら、もう、こんな時間」所長が、これ見よがしに、ロレックスの腕時計を見た。「今から、大切なお客様が来るのよ。ちょっと、人に頼まれてね。お仕事を紹介しなくちゃいけないんだけど——」言い終わらないうちに、事務スタッフの女性が応接室に入ってきた。

「面談希望の方がいらっしゃってますが」事務スタッフがそう耳打ちすると、所長は慌てた様子で立ち上がった。「あら、ちょっと、早いんじゃない？」そして、剛平のほうを見ると、

「ごめんなさい、隣の事務室で待っていてくれる？」と、まるでゴミを掃き出すように、剛平を応接室から追い出した。

　事務室の隅に追いやられて、早十分。手持ち無沙汰で、特に用もない携帯電話をいじっていると、事務スタッフの女性が声をかけてきた。剛平が学生時代からここにいる、馴染のヨシダさんだった。

「外商さんって、仕事の斡旋までするもんなのね」

「え？」

「いえね。うちの所長、職業柄、いろんなデパートの外商扱いになっているんだけど」

　まあ、それは、剛平も薄々は気がついていた。うちだけではないことは。

「ここだけの話」ヨシダさんは周りを確認すると、声を潜めた。「先日ね。とある外商さんが、仕事を紹介してほしいお得意がいるって、相談しに来たのよ」

「……お得意？」

「いわゆる、トイチよ」

「え？　トイチ？　闇金ですか？」そう口を挟んできたのは、いつ部屋に入ってきたのか、アルバイトスタッフの女性だった。「トイチって、十日で一割の金利……ってことですよね？」

「違うわよ」ヨシダさんが、鼻息荒く全身で否定した。「あなた、マネキン紹介所で働いてんなら、よーく覚えておきなさい。デパート業界で言う〝トイチ〟とは、上得意のことよ」

「え、そうなんですか？」

「そう。〝上〟という漢字をバラすと、カタカナの〝ト〟と漢数字の〝一〟になるでしょう？」

　掌に指で文字を書きながら、「あ。なるほど」と、アルバイト嬢。

「でも、そんな上客なら、なんで仕事を探してるんですか？　なにも、ここで紹介してもらわなくても――」剛平が言うと、ヨシダさんは再び声を潜めた。

「それがね。社会勉強の一環で、お嬢様をデパ地下で働かせたいって、依頼があったんですって。あくまでお忍びなので、ここで紹介された形で売場に派遣してほしいっていうのよ。特別扱いされたくないからって」

「お忍びなんて。世直しでもするつもりでしょうか。まるで、水戸黄門ですね」アルバイト嬢の突っ込みに、

「まあ、世が世なら、水戸黄門に匹敵するおひい様だけどね、そのお嬢様」と、ヨシダさんは、下卑た笑いを浮かべた。「なんでも、お婿さん探しの一環でもあるみたい」

「マジですか？　なんか、ロマンス小説の世界じゃないですか！」

　アルバイト嬢が、嬉しそうに声を上げた。

　確かに、ロマンス小説だ。

おひい様、社会勉強、……婿探し。

逆玉？

「剛平くん、見初(みそ)められたりして」

ヨシダさんの下卑た笑いが、すぐそこまで近づいてきた。

「なんでも、そのお忍びのおひい様、お宅のデパートに派遣されることになったみたいだから」

「え？……そうなんですか？」

なにやら、鼓動が速い。

「そう。地下食品売場。……ここだけの話、洋菓子スペースよ」

「洋菓子……？」

「店舗名も、知りたい？」

「え？……いえ、特に興味ありませんし」言ってはみたが、胸のドキドキがおさまらない。自然と前のめりになる。「まあ、なにかのネタになるかもしれませんので、教えてもらおうかな」

「そう？　あのね――」

しかし、ここで電話が鳴った。ヨシダさんは、剛平の好奇心を押しのけるように受話器をとった。

その電話は長かった。もう、十分以上経つのに、終わる気配すらなかった。

アルバイト嬢が、パソコンのキーを叩きながら、こちらをちらちらと窺っている。その視線は、「まだいるんですか？　邪魔なんですけど」と言っている。

こういう冷たい視線には耐えられない。外商であるからには、もっと厚かましい性格にならなくてはいけないと常々思っているのだが、どうしても、我を通すことができない。カバンをかき抱くと、

「じゃ、そろそろお暇(いとま)しようかな……」などと呟きながら、剛平は立ち上がった。

隣の応接室では、まだ面談が続いているようだった。出直そうと、玄関ドアまで行ったときだった。応接室のドアが開いた。

「それでは、明日からお願いします。売場は、ラ・ジュテームですからね。間違えないように」

所長が、子供をあやすように、言った。

「大丈夫よ。大丈夫。売場のスタッフは、みんないい人ですから。きっと、助けてくれますよ。だから、頑張ってくださいね。いい社会勉強だと思って」

社会勉強？

見ると、所長の横には、ふくよかな中年女性がいた。ファッションからも流行からも見放された、いかにもパッとしないおばちゃんだ。……が、その服もバッグも、有名ブランドのものだった。服はバーバリーのスーツ。バッグは、……エルメスのジプシエールじゃないか！　靴はフェラガモで。……そして、その腕時計はブレゲだ！　ざっと見積もっても、総額五百万円は下らないだろう。

なんなんだ、この女性は？

こんな高価なものを身につけていて、なんでわざわざマネキンを？　は。

まさか、この人が、例の〝おひい様〟？

そうだ。この人こそ、おひい様なのだ。本物のアッパークラスというのは、一見して地味なものだ。それがどんなに高価なブランドだとしても、あえて、地味に着こなすものだ。

そうだ、間違いない。……この女性が、トイチのおひい様だ。

4

間違いない。彼女こそ、やんごとなきお姫様だわ。

秋元美雪は、隣のテーブルで、一人お弁当を食べているサトウさんを見つめた。

サトウさんが、アルバイトとしてラ・ジュテームの売場に配属されたのは、半月前。特に人員ヘルプを依頼したわけでもないのに、百貨店側が強引に押し込んできた。おかしいと思ったのだ。

そうか、そういうことだったのね。

彼女こそが、社会経験をするためにお忍びで働いている、やんごとなき様なのね。だから、この不思議な雰囲気なのね。だから、落ち武者……ではなくて戦国のお姫様のようなこの髪型に固執しているのね。

もう、それならそうと、店長の私にだけは事情を説明しておいてほしかった。私、やんごとなき様に色々とキツいこと言っちゃったわよ。

ああ、どうしよう！

「ちょっと、どうしたの？　さっきから、ぶつぶつと」

クボさんが、呆れ顔で話しかける。

「ううん、なんでもない。……あ、私、もう行くね」

「うそ。休憩時間、まだ、三十分も残っているよ？」

「うん。ちょっと、やんごとなき様……じゃなくて、アルバイトさんと色々と話をしてみよ

え？

向いている？　この仕事が？

言われて、由佳子は不思議な感覚に陥った。

……考えてもいなかった。私、もしかして、自分の可能性を自分自身で抑え込んでいたのかも。やる前からあれは無理、これは駄目と、可能性を殺してきたのかもしれない。

「あ、外商さんだ」

井上さんが、声を潜めた。「外商の根津さんだ」

「え？　根津さん？」

見ると、見覚えのある男性がこちらに向かって歩いてくる。ゆるキャラのような、愛嬌のあるその顔。決してハンサムではないが、万人に好かれる顔だ。

あ、この人。今朝、私を二度も助けてくれた、社員さん。

「どうですか？　慣れましたか？」

根津さんは陳列ケースの前で立ち止まると、由佳子に柔らかい眼差しを投げてきた。

あ、なんだろう。今、胸がちくんと痛んだ。

「初日は色々と気苦労も多いかと思いますが、頑張ってください」

根津さんが、にこりと笑う。

あ、また、胸がちくんと。

あ、どうしよう。顔まで熱くなってきた。

「じゃ、また」

そして、根津さんは笑顔を残して、立ち去った。

いやだ、どうしよう。ちくちくが、ドキドキに変わっている。……心臓が、痛い。

どうしよう、私、どうしちゃったの？

6

一週間後。万両百貨店品川店、最上階のとある部屋。

「それで、売場の様子は、どうですか？」

その問いに、井上奈々子(ななこ)は苦笑いを浮かべた。そして、ナプキンで唇についた生クリームをそっと拭った。

「もう、なんだか、先週あたりから大変なことになっているんですよ」

「大変なこと？」

「なんだか、よく分かりませんけれど、あちこちで不穏な動きがあって」

「どういうことですか？」

「まずは、秋元店長。この人の様子がおかしいんです。先週あたりから、アルバイトの子にべったりで。というか、あからさまに媚(こび)を売っているんです。依怙贔屓(えこひいき)もすごくて。それで、他のスタッフが臍(へそ)を曲げちゃって。売場の空気も変な感じになっちゃって。……最悪です」

「なんで、その店長、アルバイトに媚を売っているんですか？」

「さあ」

「他には、どうですか？」

「外商部に根津さんっているじゃないですか」

「ああ、根津くん」

「あの人、それまでは、〝木こり堂〟の売り子に猛烈アタックしていたのに、先週から、うちの売り子に粉をかけだしたんです。毎日のようにうちの売場に来ては、売り子さんのご機嫌を伺っているんですよ」

「その売り子さんって、……もしかして、越野由佳子さん？」

「え？　ええ、そうですけれど。ご存じなんですか？」

「いえ、直接は存じ上げないのですが、噂では」

「あの方、不思議な人です。持っているものはとてもいいお品なんです。その私服もそのバッグもその靴も。……でも、本人は、その価値には気がついていない様子で。だから、着こなしも、ちょっと雑なんです」

「そうですか」

「でも、彼女も根津さんを憎からず思っているようですので、もしかしたら、ロマンスが生まれるかもしれませんね。……ううん、もう、生まれているのかも」

「そうですか」

「それにしても、色々といい経験になったわ。いろんな人がいることが分かったし、人の裏と表を知ることもできた。……私、ロッカーで盗難にあったんですよ」

「え？　それはそれは、申し訳ありません。こちらで弁償させていただきます」

「ううん、いいの。気にしないで。授業料だと思えば、安いものよ」

「本当に、申し訳ございません……」

「いろんな人が出入りしているんですもの。仕方ないわ。それに、世の中は綺麗ごとだけじゃない、危機管理もしっかりしなくてはいけないってことを学ばせてもらったわ。これは、本当にいい勉強になった」

「本当に、恐縮でございます」

「この一ヶ月。人を信じやすい世間知らずの私には、いい体験だった。いろんな言葉も覚え

違いしている。しかも、逆玉に乗ろうとしている。

しかし、越野由佳子は……。

いやいや、これも、彼の試練だ。自分がとやかくいう筋合いではない。

そんなことより、当面は、奈々子様の慶事のことだけを考えよう。お見合い、結納、そして結婚。

忙しくなる。

第三話　インゴ

1

「スタイリッシュなワンダフルライフ」

「自然と便利が共存するドリームタウン」

「優雅と癒しが交差するビューティフルタイム」

新築マンションの中吊り広告を眺めながら、ラグエル、、、は舌打ちした。

嘘ばっかりだ。

「池袋から私鉄で三十分」

特に、これなんか悪質だ。真っ赤な嘘。その証拠に、「特急を利用した場合」と、小さく但し書きがある。特急なんて一時間に一本しかないし、別料金もかかってしまう。通勤で特急を利用する人なんて、……いることはいるけれど、毎日とはいかない。

いずれにしても、あのマンションの最寄り駅に行くには、通常、急行を利用するのが最も早い。が、池袋駅から四十五分はかかる。通勤時間のラッシュになると、もっとかかる。人身事故で止まることも多いから、もっともっとかかる。

しかも、この殺人的な混雑！

どこがスタイリッシュ？

どこがドリーム？

どこがビューティフル？

ああ、もう、本当に最悪だ！

ラ、ラ、ラグエルは、イヤホンをさらに奥まで押し込むと、ボリュームを上げた。

ラ、ラ、ラグエルがA駅に着いたのは、午後八時七分だった。池袋駅を出たのが七時十六分だから、……ほら、五十分はかかったじゃないか！　急行でこれだから、準急とか快速だったら、もっとかかってしまう。それなのに私鉄で三十分だなんて。そんなコピーを考えたやつは、地獄に堕ちろ！

しかも、あの新築マンションは、駅からさらに歩いて十分ぐらいの場所にある。つまり、池袋まで片道一時間はみないといけない。なのに、三十分だと？　これだから、人間ときたら！

しかし、ラグエルの家は、その新築マンションのさらに先、駅から歩いて三十分の場所にあった。バス便もない。なのに、両親は嬉々としてあの建売住宅を買った。七年前のことだ。そのときも、パンフレットには「池袋から三十分！　駅から十五分！」とあった。まったくの大嘘だったが両親は抗議することもなく、そういう誇大広告は当たり前だとばかりにすんなりと受け入れてしまった。それだけじゃない。明らかに、パンフレットとは印象の異なる家で……もっといえばしょぼい家だったのに「百万円、キャッシュバックしますよ！」という不動産屋の甘い言葉にころっとやられ、その場で契約してしまった。……両親に幻滅を覚えたのは、たぶん、あのときだ。この人たちは目先の得ばかりを追い求めて結局は搾取されるだけの哀れな底辺階層を一生抜け出せないのだろう。

でも、私は違うから。

ラグエルは、唇をねじった。

あの愚かな両親とも、こいつらとも違うから。そう、ベルトコンベアに載せられた部品のように改札に向かうこいつらとも。

ああ、まったく、どうしてこんなに人だらけなんだ！　この混沌、この無秩序！

違う！　そうじゃない！

人混みに押し出される形で改札を出ると、ラグエルは駐輪場のほうを見た。去年までは自転車を利用していたが、ある日、無残にも撤去された。たかが半日、駐輪場の外に置いていただけなのに。その不寛容さが許せなくて、抗議も込めてそのままにしてある。罰金を払って自転車を返してもらうという屈辱を味わうぐらいなら、歩いたほうがよほどいい。

そう、なにも急ぐことはない。時間に追われるのは愚かな人間のすることだ。

一方、私は時間を楽しむことができる。

ラグエルは、駐輪場から飛び出す数々の自転車に同情の眼差しを送ると、くるりと背を向けた。

駅から二分ほど歩くと、人混みはようやく落ち着く。さらに二分ほど歩くと、人類が滅亡したあとの荒野のように、人影も見当たらない。

「はぁぁぁぁ」

ラグエルは、ここでようやく大きく息を吐いた。そして耳に押し込んだイヤホンを抜き取ると、池袋のデパートで買ったバウムクーヘンをバッグから引きずり出す。

チョコレートシロップがたっぷりかかったバウムクーヘン、これを頬張りながら家までの道のりをとことこ歩くのが、ラグエルの日常だ。凍えるような冬でも、焼け付くような夏でも、この日常は変わらない。

でも、やっぱり今の季節が一番いいと、ラグエルはしみじみ思った。虫の音を聞きながら、少し肌寒い北風を頬に浴びていると、本当に自分がこの地球でたった一人の生き残りのような気分になる。そして、星空を見上げながら思うのだ。「早く、私を迎えに来てくれ……」

そう、私は、遠い世界からやってきた、恐怖の天使ラグエル。醜い地球人を粛清するために、ここに遣わされた。より地球人に溶け込むために天使の記憶は消されている。でも、その使命は体の隅々に生きている。

地球人を殺せ！

そんなことはできない。

なぜだ、それがおまえの使命だ！

できない！

謎の声にあらがう私。そんな私に与えられたのは、裏切り者のレッテル。

そして、新たに遣わされる第二の天使。消された私の記憶が、微（かす）かに反応する。

「なぜ、おまえが！　おまえは、私の弟ではないか！」

「違う。あなたは、もう、僕の兄なんかじゃない。あなたは、裏切り者。そう、堕天使なんだ」

「堕天使？」

「そう。そして、僕は堕天使ハンター。あなたを殺すのが、僕の使命」

「なにを言うんだ、やめろ、やめろ、やめろ！　俺はおまえと戦いたくはない！」

　戦いたくない！

　そう叫んだところで、ラグエルは視線を感じ、はっと我に返った。

　中年のおばさんが、ちらちらとこちらを窺いながら、向こう側から歩いてくる。おばさんはなにか変なものを目撃してしまったというバツの悪い表情で、早歩きで、ラグエルとすれ違った。

　ラグエルの頬がじんわりと熱くなる。

　また、やってしまった。この道を歩いていると、頭の中のことが、ついつい言葉になって漏れ出してきてしまう。

　気をつけないといけない。

　でないと、正体がバレてしまう。

　でも、どうにも止められない叫びというものはあるものだ。そう、今日のような日は、その衝動を抑えきれない。

　おばさんの後ろ姿が見えなくなるのを確認すると、ラグエルは再び夜空を仰いだ。

「違う！　そうじゃない！　私が望むのは、そんなことじゃない！」

2

「恭子？　帰ったの？」

声をかけるが、返事はない。

でも、たぶん、帰ってきたのだ。玄関ドアが開く音がしたかと思ったら、ばたばたと階段を駆け上る音がした。

「違う！　そうじゃない！」という声も聞こえたから、間違いない。

「違う！　そうじゃない！」というのは、ここ最近の、恭子（きょうこ）の口癖だ。意味不明な上、必ず妙な裏声でそんなことを言う。

また、なにか変なものに影響されているんだろう。たぶん、それはアニメかマンガか、それともゲーム。

ああ、もう、まったく。あの子ときたら。小学生までは普通のおとなしい女の子だったのに、中学校に入った頃から、なにか妙なことになった。キテレツな服装をしたり、変なことを叫ぶようになったり、自分のことを「ラグエル」と言ってみたり。

一度、病院に連れて行こうかしら？　と夫に相談したこともあるが、「ほっておけ。ただの趣味だ。趣味が高じると、ああなるんだよ。趣味とはそういうもんだ。無趣味のおまえには分からないと思うが」と、相手にしてくれない。というか、娘の理解者を気取っている。ああ、きっと、あの子は夫に似たのね。夫は、いわゆる鉄道オタクだ。猫の額ほどの書斎には、びっしりと鉄道模型が張り巡らされている。

オタクって、遺伝するのかしら？

いずれにしても、この家では自分のほうがマイノリティだ。下手に文句を言えば、二倍になって反論される。

「違う！　そうじゃない！」

また、あの子が叫んでいる。

まったく、いい加減にしてほしい。

今日だって、ご近所さんに言われたのだ。

「もう少し、テレビのボリュームを落としていただけます？」

テレビなんかじゃない。娘の奇声だ。そんなことを言えるはずもなく、「すみません、気をつけます」と応えておいたが。テレビだったらどれだけマシか。ボリュームを抑えるか、テレビを捨ててしまえばいい。

でも、さすがに、娘は捨てられない。

「いったい、どこであんなことになってしまったのかしら」

秀子(ひでこ)は、冷凍コロッケを電子レンジに入れながら、ため息混じりでひとりごちた。

中学校に入学して、新しいお友達ができて。そう、たぶん、あれがきっかけだろう。お友達の影響で、マンガをよく買うようになった。次にアニメをよく見るようになった。夏休みが終わる頃には、学校以外は部屋に閉じこもりっきりになった。たまに外出するときもあるのだが、そのたびに変な服を着るようになった。ときには変な化粧もすることもあったが、それはさすがにやめろと叱った。

それをきっかけに、会話が減った。第二反抗期かと見守っていたが、反抗期はなかなか終わらなかった。ついには高校には行かないと言い出したが、これは夫が説得し、なんとか公立高校に入れることに成功した。

高校に入ったら、ますますあの子の奇行はエスカレートした。服装は奇抜になる一方で、毎週のようにどこかに出掛け、大量の本を仕入れてくる。そのせいか成績は芳しくなく、それでも大学には行ってほしくて、秀子はパートをはじめた。あの子が入れる大学は、どうせ二流か三流の私立。きっとお金もかかるだろうという親心ではじめたパートだが、結局、あの子は池袋にある専門学校に進んだ。いったい、なんの専門なのかは分からないが、「国際情報芸術芸能マスコミ科」というコースを選んでいる。

専門学校も今年で二年目。来年には卒業だ。本来は、就活とやらに勤しんでいる時期なのに、この有様だ。

ああ、いったい、あの子はどうなるんだろう？

電子レンジのタイマーが止まった。コロッケを取り出すと、それをトレイに載せる。トレイには、パート先で購入したマカロニサラダがすでに載っている。あとは、フリーズドライの味噌汁をお湯で戻して、保温してあるご飯をよそって。

……我ながら、超手抜きな食事だとは思うが、仕方ない。どんなに手の込んだ食事を作ったところで、家族一同で食卓を囲むこともなければ、「美味しい」と言ってもらえる期待もない。だったら、食事なんて、できあいのものが一番いいのだ。経済的だし、効率的だし。でも、パートも今日で終わり。今のところ、次の仕事先は決まっていない。当分は、ちょっと手の込んだものを作ろうと思っている。だから、今日はこれで勘弁して。

などと、言い訳めいた独り言を呟いていると、電話が鳴った。

パートを斡旋してくれる紹介所からだった。

「突然なんですけど、明日から一週間、ちょっとヘルプで入ってくれないかしら」

電話の相手……紹介所の所長は、今にも死にそうな声で言った。いつもの手だ。突然発生した仕事を依頼するときは、いつでもこの切羽詰まった声だ。今日は、特に切羽詰まっている。秀子は、受話器を握りしめた。

「品川にある万両百貨店の食料品売場でね、明日から一週間、物産展をやるのよ。でも、芋饅頭の売り子さんが、急病になっちゃって。出られないっていうのよ。それで、お願いなんだけど。……うん、分かっている、日給はちょっと上乗せする。一万円ではどう？」

心が激しく動いた。

一万円。このご時世、かなりいい日給だ。一週間だから、七万円になる。……七万円あれば、ネットオークションに出ているアレが落札できるかも。締め切りは明日の午後。

「分かりました。ヘルプ入ります」

受話器を置くと、秀子はうきうきと、フリーズドライの味噌汁を椀に移し、そしてお湯を注いだ。

3

はあ？　なに、このペットの餌のような食事は。いいや、餌以下だ。

ラグエルは、ドアの隙間からそっと差し出されたトレイを見ながら、舌打ちした。

この光景を見るたびに、囚人のような気分になる。そう、ここは独房で、愚かで無個性で取るに足らない看守が、惰性で食事を差し入れる。

違う！　そうじゃない！

一声叫ぶと、ラグエルはトレイを机に置いた。

ああ、このメニューの、なんたる貧困さよ！

ラグエルは、今まで覗き見していた世界とはまるで正反対の現実に、うなだれた。

パソコンのディスプレイには、ご馳走がずらりと並んだ映像。まるで宮廷の晩餐会。そのご馳走の中から、ひとつぶの極上の木の実を摘んで食べているのは、碧眼（へきがん）の姫。足枷（あしかせ）をはめられ、いたるところに傷を負ってはいるが、姫の肌は真っ白に輝き、まるで暗闇に光る月のようだ。

ああ、本当に素晴らしい絵だ。

ラグエルは、コロッケをかじりながら、感嘆のため息を吐き出した。

やっぱり、暗黒姫様は、素晴らしい！

この世で最も尊敬し、そして憧れ、畏怖する者は誰か？　と訊かれたら、迷わず「暗黒姫」と答えるだろう。自分の人生を変えた人物は？　と訊かれても「暗黒姫」と答える。

そう。暗黒姫様こそ、私の救世主。

ラグエルが、暗黒姫という名の絵師を知ったのは、中学三年生の夏だった。クラスの友達に感化されマンガやゲームに夢中になっていたものの、高校入試を控え、そろそろ卒業しようと考えていたときだった。贔屓(ひいき)にしていたマンガのファンサイトのリンクをたどっていたら、目を見張るような絵にぶつかった。ラグエルが、初めて「ゴスロリ」の世界、もっといえば同人誌の世界に触れた瞬間だ。作者は「暗黒姫」。

「カタコンブ」と名づけられたその絵には、何万という骸骨に埋もれた、腕のない瀕死の姫が描かれていた。それを見たとき、まさに、脳天をぶちのめされたような衝撃を受けた。衝撃が強すぎて、呼吸困難に陥ったほどだ。

世界が、変わった。

いや、本来あるべき世界にようやく巡り会えた。

それからは、それこそ転げ落ちる勢いで、ゴスロリの世界へとのめり込んでいった。部屋も服装も、そして持ち物も、すべてそれらしいものに変えていった。ゴスロリに関する同人誌も可能な限り、手に入れた。

が、やはり、暗黒姫がいつでも頂点にいた。

しかし、高嶺(たかね)の花。どうあがいても手の届かぬ存在。同人誌即売会に行っても、会うこともできない。暗黒姫のことを知るという人にコンタクトをとって、間接的に触れるのがせいぜいだった。

そんな暗黒姫と接触できる機会が訪れたのは、先月のことだった。暗黒姫主催のお茶会が開催された。なんでも、五年ぶりのお茶会なのだという。ラグエルは、もちろん、すべてを放り投げて駆け付けた。紀尾井町(きおいちょう)にある五つ星の老舗ホテル。その中でも一番大きい会場で行われたお茶会は、まさに夢のようなひと時だった。このときの思い出だけで、牢獄に繋がれても十年は夢心地で生きていけるとさえ思った。

まず、そのお茶会の素晴らしさ！　本来は結婚披露宴を行うために作られたのだろうその会場を、すっかりパリの地下墓地にしてしまっていた。骸骨の群れ。怪しく光る蠟燭(ろうそく)の光。ちりばめられた黒い羽根。行ったことはないが、本当に地下墓地にいるようだった。それ以上に圧巻だったのが、生の暗黒姫の存在感だった。オーラというものを初めて実感した。年齢は、ちょっといっているとは思った。体型も、いわゆるぽっちゃりだった。が、そんなものは、ただの肉体的スペックのひとつに過ぎない。暗黒姫の真の価値は、肉体を包むめくるめく装飾品にある。世界中の極上な金と銀と黒をかき集めてひとつに織り上げたようなローブに身を包み、暗黒姫は静かに座っていた。そして、その前には謁見(えっけん)を乞う信徒（……暗黒姫に心酔する人をそう呼ぶ）たちの列。ラグエルもその列に並び、四十分ほど待って、ようやくお言葉をいただいた。

「ごきげんよう」

暗黒姫は、一言、そう言った。それは、たった六文字だけれど、一文字一文字が黒ダイヤの輝きと尊さを含んでいた。

「ごきげんよう」

いつか、自分も、あんなふうに言ってみたい。そんなことを望むのは、身の程知らずだろうか。

「そうね、身の程知らずかもね」

お茶会の帰り、たまたま一緒になった信徒の一人が、そんなことを言った。「アモン」様だ。

「でも、不可能じゃない。暗黒姫も、以前はあなたのように、ただの普通の学生だった」

あの、圧倒的な存在感の暗黒姫が普通の学生？　とても信じられない。

「アモン様は、暗黒姫の昔をご存じなんですか？」

ラグエルが訊くと、

「まあね」と、アモン様は誇らしげに鼻を鳴らした。「暗黒姫の同人誌に、ゲストでマンガを描いたこともあるのよ」

「そうなんですか！」

「あの頃は、まだ、小さなサークルでね。よく飲みにも行ったし、入稿前の修羅場も、一緒に経験したものよ。徹夜しても原稿が上がらなくて、印刷所でスクリーントーンを貼ったりもしたっけ……」アモン様は、遠くを見るような眼差しで言った。「なのに、暗黒姫のサークルはみるみる大手になっていって。いつのまにか、手の届かない存在になってしまった。……ああ、私も、同人誌、やめなけりゃよかった」

「え？　アモン様も同人誌を？」

「うん。大学生の頃ね。でも、就職活動がはじまっちゃって、きっぱり同人誌はやめてしまった。一方、暗黒姫はそのまま同人誌を続けて。当時は、バカだと思ったものよ。同人誌で人生を台無しにするつもりかしら？　って。でも、バカだったのは私のほうだった。会社を百社以上受けて、ようやくとれた内定は、いわゆるブラック企業。ノルマに追われ、残業につぐ残業で体を壊して、上司のパワーハラスメントにメンタルを粉々にされて、ついにはクビ。心身ともボロ雑巾、心療内科のドアを開けたはいいけれど、数年間は、薬漬けの日々。恥ずかしい話、生活保護のお世話にもなっていたのよ。完全に社会復帰できたのは、つい二、三年前のこと。気がついたら、三十路をとうに過ぎていて。バイトを掛け持ちして、かつかつで暮らしている私に手を差し伸べてくれたのは、暗黒姫だった。彼女が同人誌の世界に引き戻してくれたから、私、どうにか生きているようなものよ。彼女の手伝いをしているときだけが、生きているという実感を得られるの」

「アモン様……」

「ラグエルさんも、同人誌、作っているんでしょう？」

「え？……はい。発行部数百冊程度の、小さな個人サークルですが」

「将来は、どうするの？」

「将来？」

ラグエルは、首を垂れた。今、一番訊かれたくない事案だ。いや、その現実から逃げていると言ってもいい。来年、専門学校は卒業だ。他のクラスメイトたちの多くは就職先を決めている。が、自分は……。先日も、学校の就職課の人に強く言われた。これがラストチャンスですよ。ぜひ、参加してください。そして、合同会社説明会の案内を渡された。

「惰性で就職したら、それは負けなのよ、結局」

アモン様は、まるで自分に言い聞かせるように言った。

「今、一番心惹かれているもの、憧れているものに身を託す。それが、成功の秘訣なのよ。暗黒姫は、それでみごと成功している。ラグエルさんの今の〝一番〟はなに？」

「それは……」もちろん、このゴスロリ趣味と同人誌だ。

「なら、それを貫くことね。暗黒姫になりたかったら」

暗黒姫になりたかったら――。

その言葉が、あれからずっと頭の中に鳴り響いている。

そう、私がなりたいのは、暗黒姫。ブラック企業に入ってノルマに追われてパワハラ上司にいたぶられてメンタル壊されて薬漬けの人生なんて、まっぴらだ。

結婚したって、同じことだ。

三十五年もローンを組んでも、買えるのは、せいぜい、こんなしょぼい家。旦那の稼ぎだけじゃ間に合わず、妻もパート三昧(ざんまい)。ついには、こんな、ペットの餌にも劣る手抜きな食事でしのぐ日々。

違う、そうじゃない！

ラグエルは、コロッケに箸を突き立てた。

私は、使命を持って、この地上に遣わされたんだ。私の使命。それは、ゴシックとロリータの魂を貫くこと。澁澤龍彦(しぶさわたつひこ)様のように耽美に、三島由紀夫(みしまゆきお)様のように高潔に、ヤプーのように従順に。

「でも」

ラグエルは、コロッケから箸を引き抜いた。

「アモン様は、気になることを言っていたけれど」

なんでも、暗黒姫が狙われているとかなんとか。そのアサシンは強敵で、暗黒姫の魂は日に日に弱っている……とかなんとか。

救えるのは、自分しかいない、とも言っていた。

どういうことなんだろう？

4

「ちょっと、サンバに行ってきます」

そんな声が聞こえて、秀子は、隣の売場を見やった。

〝ラ・ジュテーム〟という名の洋菓子ショップには、開店直後ということもあり、客はいない。それをいいことに、先ほどから店員が入れ代わり立ち代わり「サンバ」「サンバ」と煩(うるさ)い。

万両百貨店品川店、地下食品売場。エスカレーター横の催事スペースは、今日から一週間、「秋の物産展」コーナーだ。物産展といっても、各地の土産を集めただけの……いってみれば空港のお土産コーナーのような寄せ集め的な催しだ。百貨店側もそれほど力は入れていない様子で、その証拠に、屋台もノボリも、どこかやっつけだ。

それでも、秀子が任された芋饅頭の屋台は、一日十万円のノルマを言いつけられた。ひとつ百五十円の芋饅頭を十万円売るということは、いったいいくつ売ればいいのか……などと考えていると、

「サンバ、行ってきます！」

という声が、また聞こえた。

「万両百貨店は、トイレのことを〝サンバ〟って言うの？」

秀子は、隣で栗煎餅（くりせんべい）を売る派遣マネキンに訊いてみた。ヤマセさんという初老の女性で、一年の半分は万両百貨店に派遣されていると、先ほど自己紹介を受けたばかりだ。

「そう、サンバはトイレの隠語。あなた、万両百貨店は初めて？」

「はい。普段は、スーパーの試食販売のほうをやってまして。百貨店にも行くことはあるんですが、万両百貨店は初めてです」

「そう。でも、ここも他と変わらないから、基本」

「でも、サンバって言うのは、初めてです」

「はじめは、番号の三番だったんだけど、なんか、いつのまにか、サンバになったのよ」

「ああ、はじめは番号だったんですか」

「そう。ここでは、基本、隠語はすべて数字で表すのよ。一番は昼休憩、……で一番の中に一便、二便、三便があって、そして二番は中休憩、三番だけはサンバに訛(なま)ってしまったけれど、トイレ。そして四番が万引き。……まあ、短期だったら、四番まで覚えておけばいいんじゃないかしら」

「それにしても、隣の洋菓子屋さん、ちょっと店員の態度がアレすぎません？」

秀子は、隣の売場を再び、見た。売り子は、全員で五人。殺伐とした、なにかただならぬ様子だ。

「あそこは、店長がまだ若くて、今年入社したばかりの新人さんなのよ。だから、派遣スタッフをうまくまとめきれてないの。そればかりか、店長が一人のアルバイトばかりこれ見よがしに贔屓(ひいき)するものだから、人間関係もぎくしゃくしていて」

「詳しいですね」

「実は、先週まで、あの売場にヘルプで入っていたのよ、私。スタッフが一人、結婚するって急にやめちゃったもんだから、次の人が来るまでのつなぎに」

「で、新しい人が入ったから、今度はここに？」

「ううん、新しい人が来る前に、自ら他に移りたいって申し出たの。だって、あの売場、日給も悪い上に、あんな感じの空気でしょう？　なにより、あの制服を着るのが、ちょっと気恥ずかしくて」

確かに、あのフリフリの制服は若い人が着たならば可愛いけれど、そうでない人が着たら、ただの罰ゲームだ。

ああ、それにしても。

秀子は、あくびを飲み込んだ。

客が全然いないじゃない！　開店して二十分は経つのに。これで、ノルマ、果たせるのかしら？

秀子は、山と積まれた芋饅頭を見つめた。

「ここは、午前中はいつもそうなのよ。客が来るのは午後になってから」

ヤマセさんも、あくびを飲み込みながら言った。

「そうなんですか？」

「午後二時ぐらいから、今が嘘のように込んでくるから、その前に昼食もとったほうがいいわよ」

「なるほど」

それは、都合がいい。午後一時に、入札しているネットオークションが締め切られる。この時間に合わせて昼休憩を入れれば……。ところで、今、どのぐらい入札があるのかしら？今朝確認したときは、自分も含めて四人だった。その時点で、入札価格は一万二千円。他の三人も自動入札しているらしく、今のところ大きな変動はない。百円単位でじわじわと上がっているだけだ。が、締め切りの一時間前が勝負なのだ。今までの経験だと、一時間前に、突然、新たな入札者が登場する場合もある。

ちょっと、途中経過を確認しておくか。

あれ？　携帯。携帯電話、どうしたかしら？

白衣のポケットを探るが、ない。あら、いやだ。ロッカーに忘れてきたかしら？

「じゃ、私もサンバに行ってきます」

秀子は言うと、急かされるように売場を離れた。

＋

嘘。

嘘でしょう！

従業員ロッカーで、秀子は思わず声を上げた。

携帯電話が、どこにもない！　上着のポケットにも、カバンの中にも。

あ。

リビング。今朝、リビングでネットオークションを確認した。そのあと、どうしたっけ？

……たぶん、テーブルに置いたままだ！

いやだ、どうしよう。

あの携帯電話でなければ、オークションサイトにログインできない！　ということは、落札もできない！

今、何時？　十時十五分。

どうしよう？　どうしよう？

家に戻る？

それは無理！　そんなことしたら、二度と仕事をもらえない。というか、賠償を請求されるかもしれない。

じゃ、どうする？

あ。そういえば、今日、恭子は午後から学校だと言っていた。ということは、今、家にいるはず。

そうだ。あの子に持ってきてもらおう。家からここまで一時間半。今すぐに出れば、余裕で間に合う。

そして、秀子は公衆電話を探した。

5

まだ時間があると、うとうと布団にくるまっているときだった。電話が鳴った。

はじめは固定電話だったので徹底的に無視していたが、とうとう、スマホのほうにかかってきた。母からだった。

携帯電話を忘れたから、今すぐ届けに来いだと？　しかも、品川まで！　正午までに！

無理に決まってんだろうが。ここから駅まで行くのだって、三十分はかかるのに。

「タクシーを使っていいから」

母は言ったが、それでも、いやだ。

絶対、行くか！　学校に行くのもどうしようかと迷っていたぐらいなのに。

しかし、母は言った。

「お駄賃、上げるわよ？」

お駄賃？

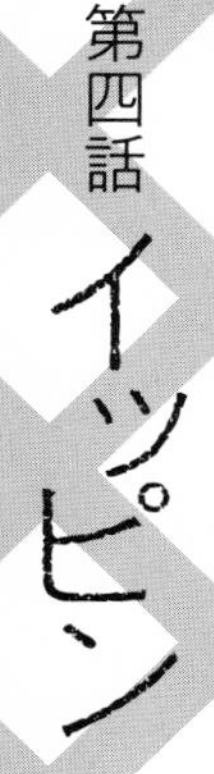

第四話 イッピン

かわいい、かわいい、僕の君。
そのおめめも、そのおててても、そのあんよも、総てがかわいいよ。
夢の中で、君は僕に訊くんだ。
「私の望みはなにか、分かる？」
もちろん、分かっているよ。君の望みは、僕のそばにいることだってね。
僕の望みも、君と同じ。
朝も、昼も、夜も、ずっとずっと君と寄り添って、体をからめていたい。
僕たちの望みは、きっとかなうよ。
近いうちに、きっと。
かわいい、かわいい、僕の君。
今夜も僕は、君の夢をみるよ。
そのおめめも、そのおててても、そのあんよも、総て、僕のもの。

もう、たえられない。助けて。

変なファクスがきたの。

誰に話していいか分からなくて。だって、下手に誰かに話してしまったら、それがリークされてしまうかもしれないじゃない。

身近な人は、もう誰も信じられないのよ！　誰も！

でも、小日向（こひなた）さんなら、きっと大丈夫だよね？……私の味方だよね？　お願い。今すぐ来て！　今すぐに！


……ここまで読んで、小日向淑子（としこ）は、はたと周囲を見回した。

万両百貨店、外商部。

事務整理に没頭している社員が三人。あとは外回りなのか、空席だ。が、念には念を。

淑子はノートパソコンを片手に、主に密談のときに使用する会議室にこもった。さらには念のため、施錠する。

よし。これで、覗き見する人も邪魔をする人もシャットアウトした。

それでもまだ気になり、窓のブラインドの羽根を閉じた。窓の外はオフィスビルが広がるばかりだが、誰かが望遠鏡で覗いているかもしれない。

淑子がここまで慎重になるのは、さきほど受信したファクスの送信者が、豪徳(ごうとく)リンダだからだ。

豪徳リンダ。今をときめく超売れっ子タレント。去年の納税額だけで一億円を超す。推定所得は約二億三千万円。これが一昔前ならば長者番付に載るところだが、二〇〇六年から長者番付の発表が廃止されてからはそれを国民が知るすべはない。

もっとも、プロの外商ともなれば話は別だ。高額所得者の懐事情はあの手この手で調べ上げている。

貧乏を売りにしているあのアイドルや、節約トークを得意としているあのタレント、おバカで売っているあの芸人の所得が、どれも億を超えていると知ったら視聴者はさぞ驚くだろうな……と淑子は常々、それを知っている優越感に浸っている。後輩の森本歌穂などは、酔っ払うといつものぶりっ子はどこへやら、ガラ悪く毒づいている。

「長者番付が廃止されたのをいいことに、あいつら、自分の高所得を必死に隠すようになってさ。自分はそんなにもらってません……って顔して、ビンボー自慢トークに余念がないけれど。……あいつらの金銭感覚、狂いまくりですから！　そりゃ、昔はビンボーだったんでしょうよ。でも、一度でも高額所得者になったら、ビンボー時代の金銭感覚なんて、あっという間に忘れちゃいますから！　だって、一玉千円のキャベツを持って行ったら『あら、安いじゃない』って言うぐらいですから！　それのどこが、ビンボーだっつーの」

森本の毒舌は褒められたものではないが、しかし、彼女の言っていることは間違ってはいない。特に売れっ子タレントは好感度を気にしてか庶民寄りのトークをしがちだが、それはどれも眉唾（まゆつば）ものだ。たとえば、森本が担当しているある芸人……訛（なま）りを武器に垢抜けない田舎者芸人として名が売れているカッペジローなどは、タチが悪い。豪邸物件を紹介する番組で一億円の中古物件が紹介されたとき、「マジでっか、信じられないだす。こんなところに住んでみたいっちゃー、あぁー、住んでみたいだわさ！」とのたまっていたが、彼の年収は二億五千万円で、納税後の所得は一億円ちょっと。預金は数億円。一億円の家なんて、買おうと思えばいつでも買えて、実際、三億円の豪邸に住んでいる。先月も、セカンドハウスにするからと一億円のマンションも購入したばかりだ。彼だけではない。視聴者が「バカだなー」と指さして笑っている芸人の真の姿は億万長者……というのはザラなのだ。

豪徳リンダも、天然おバカが売りだ。そのブレイクのきっかけは、「一日百円生活」というリアリティ番組で、一年間、風呂なしトイレ共同の家賃一万円のぼろアパートに、一日百円の食費で暮らしたことが大評判になった。極貧の中でも、持ち前の天然とポジティブシンキングでそれを乗り越える姿が視聴者の心を捉えたのだ。だから、今も、豪徳リンダはあのぼろアパートで暮らしていると思っている人は多い。

が、実際は、港区にある某有名高級マンション、家賃百二十万円の部屋に住んでいる。

小日向淑子が、豪徳リンダを担当するようになったのは二年前だ。リンダが所属するプロダクション・イロハの社長からこんな依頼があった。「うちの豪徳が、犬を飼いたいって。ほら、あれよ。めちゃくちゃちっちゃいプードル。ティーカッププードルっていうの？　それが欲しいってきかないのよ。なんとかしてくれない？」と。

プロダクション・イロハは、万両百貨店のお得意中のお得意、外商部挙げて誠心誠意お仕えしている。そんなプロダクションの社長から依頼されたのだ、下手な人物を担当にはさせられないと、営業成績ナンバー2で、かつペット分野に詳しい小日向淑子に白羽の矢がたった。もちろん、淑子は快諾した。ナンバー1の大塚佐恵子との差は広がるばかり。ここでなんとか距離を縮めようと、良質の顧客を探しているところだった。そんなときに降って湧いたようなこの幸運。断るわけがない。早速、淑子はありとあらゆるツテを頼って、最高のティーカッププードルを見つけた。銀色の毛並みを持つ、ちっちゃなちっちゃな天使。本当は買い手が付いていたが、少々強引なやり方でゲットした。なにしろリンダが気に入り、その子でないとダメだと騒いだからだ。顧客の要望とあればどんなことにも応えるのが外商だ。「ありがとう、あなたって頼りになるわね」そうお礼を言われ、それを機に、淑子は豪徳リンダの担当となった。

外商を辞書で調べると、「デパートなどで、店内の売場でなく、直接客のところへ出かけて行って販売をすること」と説明されている。もちろんそれで正解なのだが、充分ではない。外商という部門はもともと呉服屋のご用聞き制度がルーツで、百貨店の店舗で行われている販売とは、一線を画す。店舗では、店員と客はその場だけの関係だが、外商と顧客の関係はそれこそ一生もので、「ゆりかご」から「墓」までお世話するのが外商の仕事なのだ。そういう意味では、「執事」または「秘書」ともいえる。さらに、顧客の話し相手をしたり日々の相談に乗ったりするのも、外商の仕事の内だ。そういう意味では、「コンパニオン」ともいえる。

だからといって。淑子は、外商としてはあるまじき言葉を呟いた。

「いいかげんにしてほしい」

確かに、豪徳リンダは、今、逆境にいる。とある俳優との不倫が週刊誌にリークされてしまったのだ。その対応を誤り大バッシングがはじまった。結果、リンダは、レギュラー番組をことごとく降ろされてしまったのだ。今は、プロダクションの指示に従い、自宅で謹慎中だ。とはいえ、人の噂も七十五日。頃合いをみて、復帰させる予定だという。なにしろリンダは、プロダクション・イロハの稼ぎ頭。このまま干してしまうには実に惜しい人材だ。一昔前なら、一度泥がついたタレントは即引退か干されたものだが、プロダクション・イロハは今、危機的なほどタレント不足で、泥がつこうがシミがつこうが、リンダに頼る他ないのである。

「いい機会だから、ゆっくりと休むわ」

かつて、リンダは呑気にそんなことを言っていた。実際、謹慎一週目までは、優雅に自宅パーティーを開いたり、お忍びで旅行にでかけたりしていた。が、生来、パワーみなぎる火の玉のような人物で、並外れた社交性をも併せ持つ。ホームパーティーや旅行ぐらいでは物足りないのだろう、謹慎二週目あたりから、頻繁にメールが届くようになった。あれが欲しい、これが欲しい、あそこに行きたい、ここに行きたい……というリクエストメールで、外商という立場からしてみれば嬉しい悲鳴だ。なにしろ、メールが届くたびに売り上げが伸びるのだから。

が、謹慎三週目に入った頃から、そのメールが妙な具合になってきた。

「なんか、変なの。……とにかく、変なの」

というような、漠然とした不安を綴るようになってきたのだ。

不安になるのはよく分かる。リンダのプライベート画像が、また、マスコミにリークされたからだ。「謹慎中もぱーりーぴーぽー」という見出しで、ホームパーティーの様子が週刊誌に掲載されたのだ。……リンダの天然は、真性だ。だから、少し、警戒心が薄いところがある。

そのホームパーティーの準備をしたのは淑子で、だから、もちろんスタッフとしてその場にいた。ハラハラしっぱなしだった。なにしろ、リンダに対してあまりいい思いを抱いていない人物ばかりが呼ばれていたからだ。なのに当のリンダは「親しい友人、心から信じられるソウルメイト」と、淑子に紹介したのだった。背筋が凍る思いだった。リンダにレギュラー番組をとられたフリーアナウンサー、リンダに恋人をとられたグラビアアイドル、リンダとキャラがかぶるからといって干された女芸人、リンダに枕営業をバラされて引退に追い込まれた元アイドル。そして、リンダの元彼が五人も参加していた。まさに、リンダと九人の刺客たち……という有様だった。こうなると、リーク犯が誰なのか特定するのは難しい。全員が容疑者すぎて。

なのに、「ううん、きっとなにかの間違いよ。あの中にリークした人がいるなんて。……絶対そんなことはない」と、リンダは譲らなかった。こうなると、もはや天然を通り越して、「バカ」の域だ。

だから、淑子は忠告したのだった。

「豪徳様は、幸い、芸能界のなんたるかを知る前にブレイクされましたから、人を疑う暇もなかったと思います。ですが、芸能界はまさに伏魔殿。これまでのようにのんびり構えていたら、足をすくわれます。実際、すくわれてしまったじゃないですか、不倫報道が出て」

淑子は、あえておどろおどろしく、恐怖心を煽るように言った。

「わたくしが、かつてお世話した芸人のG様のお話です。彼は、既婚の女性と恋に落ちました。いわゆる不倫です。果たして女性の夫の知るところとなり、G様は、不倫相手の夫から三億円という慰謝料を請求されました。裁判にもなりましたが負け、G様は、三億円の慰謝料と裁判費用の五千万円、合計三億五千万円を失うことになります。さらに悪いことには、G様はその三億五千万円をちょっと筋の悪いところから借り入れてしまい、今は行方知れず。噂では、世界一過酷なベーリング海の蟹漁船に乗せられているということです。生きては帰ってこられないとも言われています。……こんな話もあります。往年のアイドル、Kはご存じでしょうか？　一時は月収一千万円とも言われた超売れっ子だったのですが、今は、東南アジアの某国で風俗嬢になっているとか。世間では、〝引退〟ということでKが自ら芸能界から逃げ出した……ということになっていますが、違います。真相は、ライバルのアイドルにハメられて、はめ撮り写真が――」

「分かった！　もう、やめて！」

その日以来、さすがのリンダにも、ようやく警戒心と猜疑心というものが目覚めたようだった。

……少し、お灸が強すぎたか？　と、淑子は少々反省している。免疫がないと、ちょっとした毒にも激しく反応するものだ。それまでまったく気にならなかった「汚れ」が、なにかの暗示を与えられたことで耐え難い「汚れ」に変化することがある。リンダもまた、それまでの警戒心のなさが嘘のように、極端に反応を示すようになった。

「私、誰かに狙われているのかしら？　もしかして、ストーカー？」

などというようなメールが届きはじめたのだ。

一ヶ月前のことだ。ちょうどその頃、リンダと同じ事務所の鈴本マミという新人アイドルが熱狂的なファンに襲われ、目玉をくり抜かれる……という残虐な事件が起きた。

……イベントを終えたマミが楽屋口から外に出ると、数人のファンが出待ちしていた。そのうちの一人がいきなりマミを押し倒し、そして持っていたノミで右目をくり抜いたのだ。それは一瞬の出来事で、マミの悲鳴が轟いた頃には、マミは右目を失っていた。男は逃げるでもなく、目玉をあめ玉を舐めるように口に含みながら、のたうち回るマミを眺めていたという。

まさに、白昼の地獄。公衆の面前で行われた猟奇的なこの事件は芸能界に衝撃を与えた。これをきっかけに芸能界を引退するアイドルまで現れた。リンダも例外ではなく、警戒心に恐怖心が注がれた恰好で、不安を訴えるメールが次々と送られるようになった。その内容はどれも切羽詰まっていて、だから一ヶ月前、淑子はリンダの部屋を訪ねたのだった。大好物のラ・ジュテームのモンブランケーキを持って。

＋

「マミちゃんと私、何回か共演したことがあるのよ、ラジオで」

モンブランケーキなどには目もくれず、リンダは語りはじめた。

「いわゆる、バーターってやつよ。私がMCをしている深夜番組に、マミちゃんもちょいちょいゲスト出演させていたんだけど。……そのおかげで、マミちゃんの人気もでてきて。でも、マミちゃん、なんか怖がっていたんだよね。やばいアンチがいるって。twitter でからんできたり、ブログに怖いコメントをつけてきたりする人がいるって」

死んだ魚のようなリンダの目に、大好物のモンブランケーキを映そうと淑子はあれこれと位置を変えてみるが、効果はない。

「だから、私、マミちゃんに言ったの。アンチもファンのうちだよ。大切にしなって。……マミちゃんは素直な子だから、私の言葉を忠実に守って。だから、どんなにひどいことを書かれても我慢していたんだと思う。……マミちゃんがあんなことになったのは、私のせいかも」

「それは、気にしすぎです」

淑子は、力強く言った。

「鈴本マミが襲われたのは、豪徳様のせいではありません。ただただ、あの犯人が悪いのです。そして、あんな危ないヤツを放置した警察が。聞くところによると、鈴本マミは、警察に相談していたというじゃないですか。危ないアンチがいるって」

「……警察に？」

「そうですよ。鈴本マミは、我慢なんてしていませんでした。ちゃんと警察に訴えたのです。ですから、悪いのは警察です」

口から出任せだった。警察に相談していたという報道も情報もない。が、嘘も方便。今は、リンダのメンタルを守るのが最優先だ。なにしろ緊急事態。目の前のリンダは、あの弾けるような天然キャラが信じられないほど、怯えている。食欲もないのか、頬もげっそりと。髪に艶はなく、肌も荒れ、口元には法令線がくっきりと刻まれ、眉毛も放置しているのか醜いゲジゲジだ。まだ二十七歳だというのに、まるで若さがない。こうなると、そこらの一般人のほうがよほどマシだ。精神の状態がこれほどまでに容姿に影響してくるものかと、愕然とする。

「……そうだよね、悪いのは、警察だよね」

リンダの乾いた唇が、ようやく綻んだ。

「そうです。だから、豪徳様がお気に病むことはひとつもないのです」

淑子は、今度こそという思いで、モンブランケーキをリンダの目の前に置いた。が、

「違うんだよ、そうじゃないの」

と、リンダは、相変わらず死んだ目で声を荒らげた。

「マミちゃんのことは、この際、どうでもいいの。問題は、私自身のことなの!」

そして、リンダは、突然、モンブランケーキに顔をつっこむ形で、突っ伏した。

「豪徳様!」

意識を失ったか、それともなにかの発作か? と慌てる淑子の狼狽(ろうばい)をよそに、リンダは、クリームだらけの顔をのそりと上げた。その様はまるでパイを投げられた芸人のそれで、つい吹き出しそうになるも、淑子はこらえた。

「……今度は、私の番かもしれない」

クリームだらけの顔で、リンダは呻くように呟いた。

「どういう、ことですか？」と訊くと、

「これを見て！」と、リンダは、クリームだらけの手でノートパソコンを操作しはじめた。

そして、「いいから、これ、これを見て！」と、画面をこちらに向けた。

それは某匿名掲示板で、「【不倫女】豪徳リンダ【芸能界追放】」というタイトルが付けられたスレッドだった。

「豪徳様。プロダクションからもきつく言われていますよね？　こういうのを見てはいけないと」

「だって、エゴサーチしたらヒットしたのよ」

「エゴサーチも禁止されていますよね？」

と言ったところで、自分の評判が気になるのは仕方がない。自分だって、自分の名前を検索したことがある。もちろん、ヒットはしなかったが。

「禁止、禁止、禁止って！」

リンダがいきなり切れた。

「私、もう二十七歳だよ？　四捨五入して、三十だよ？　なのに、あれをしちゃいけない、これをしちゃいけない、誰々と会っちゃいけないって。これじゃ、高校の校則のほうがよっぽどマシだよ、ああ、もう、いや！　こんな思いするなら、私、芸能界なんて辞める！」

リンダの絶叫のような声に驚いたのか、犬用ベッドでおとなしく寝ていたティーカッププードルの〝白雪〟が、トコトコとこちらにやってきた。そして、リンダの手のクリームをペロリと舐める。

「ああ、白雪ちゃん！」

リンダが頬ずりすると、白雪もそれに応えるかのように、リンダの鼻についたクリームをペロリと舐めた。

＋

あれから一ヶ月。リンダのパラノイアは、ますます激しさを増している。

昨日などは、「盗聴器を仕掛けられているみたいだから、業者を呼んで」というメールが届いた。リクエストがあれば、どんなことでも応えるのが外商だ。早速、万両百貨店ご用達の盗聴器バスターを手配した。が、やたらと背の高いノッポの作業員は言った。

「いやー、盗聴器は確認できませんね」

「嘘よ、ちゃんと調べた？」

言い張るリンダに、

「嘘ではありません。弊社の調査機器は最新式のもので、盗聴器が仕掛けられていた場合、ほぼ百パーセント、発見することができます。が、ご覧の通り、調査機器は何の反応も示しません。つまり盗聴器はないということです」

それでも納得していない様子のリンダに、

「なぜ、盗聴器が仕掛けられていると思ったのですか？」と、淑子は訊いた。

「ネットに、私の会話が次々と漏れているからよ。ほら、見て」

と、リンダはノートパソコンを淑子に見せた。それは例の某匿名掲示板で、確かに、ものすごい勢いで更新されている。誰かが大量に投稿しているようだった。

リンダの言う通り、その内容はひどくプライベートなことで、何月何日何時何分に何を買ったとか、何月何日何時何分に誰にメールしたとか、そんなことがびっしりと書き込まれている。そして、淑子は目を疑った。なんと、豪徳リンダが、頻繁に鷹橋健斗とメールのやり取りをしていることがそこにリークされていたからだ。

鷹橋健斗。新進気鋭の舞台役者で、リンダを窮地に追いやった不倫相手だ。

……まだ繋がっていたのか！　別れることを前提に、相手の奥さんからお許しをもらったというのに。だから、謹慎程度で済んでいるというのに。

淑子の心臓に、ひんやりとしたものが走る。

……盗聴されているとかどうとか、そんなのは問題じゃない。鷹橋健斗との仲がまだ続いている……ということのほうが、大問題だ。しかも、こうやって公にされている。これは、もう、ただでは済まされない。

「ね？　盗聴されているに違いないでしょう？　私の言っていること、正しいでしょう？」

リンダは、怯えているのかそれとも勝ち誇っているのかよく分からない表情で、顎(あご)をしゃくった。

「ええ、そうですね、確かに、これは――」淑子は、しどろもどろで答えた。自分のことのように動揺が止まらない。ああ、これは大問題だ。今頃、マスコミが……いいや、その前にプロダクションが……。

うん？　淑子は、目を凝らした。よくよく見ると、その投稿内容にはある共通点があった。その日付と時刻があまりに正確なのだ。

「もしかして、それ、メールの内容が覗かれているのかもしれませんね」

と、盗聴器バスターのノッポさんが、言葉を挟んだ。

「え？　メール？」

淑子は、ノートパソコンにおでこをくっつける勢いで、改めて文字を追った。

10月20日20時5分に、ラ・ジュテームのモンブランケーキとワインとローストビーフとサーモンとアワビをお買い上げ。……って、これ、一人で食べんのかよ！……いや、違う、なんと、鷹橋がご訪問の模様……

あ、これ。そして、慌ててスマートフォンを取り出すと、十月二十日に受信したメールを確認してみる。そして、二十時五分。リンダから、こんなメールが来ていた。

『おかげさまで、何だか最近、調子がいいの。食欲も出てきたんだ。だから、ラ・ジュテームのモンブランケーキ、またお願いね。あ、それと、適当にワインを見繕って二本ほど持ってきて。それから、オードブルに……ローストビーフとサーモンとアワビも。よろしくね！』

……これって。

「私が、小日向さんに送ったメールだ」

淑子のスマートフォンを覗き込みながら、リンダ。

「違いますよ、私じゃありませんよ！　私、リークなんてしてませんん！」

淑子は、脊髄反射で激しく身の潔白を主張した。そんな淑子を横目に、

「遠隔操作のウィルスが埋め込まれてしまっているかもしれませんね」

と、盗聴器バスターのノッポさんは冷ややかに言った。そして、

「何か……例えば、広告バナーとかをクリックした覚えはありませんか？　または、メールに添付されていたファイルを開いたとか……、それとも、メールに書き込まれていたURLをクリックしてしまったとか」

その問いに、リンダが「あ」という顔をする。多分、ノッポさんが指摘したことをすべてしたのだ。

「……だって、ちゃんとアンチウィルスソフト、入っているんだよ？　だから、大丈夫だと思って……」

「それは、ちゃんと更新していますか？」

「…………」

「パソコンを買ったときのまま？」

小さく頷くリンダに、ノッポさんは呆れたように薄く笑った。

淑子も、はぁと肩を竦めた。リンダに頼まれて今のノートパソコンをこの部屋に搬入したのは、……二年前だ。

「それじゃ、全然ダメですね。パソコンにプリインストールされているアンチウィルスソフ

トの期限は、せいぜい半年。それが過ぎたら、延長手続きをするのが常識です。それを怠っていたということは、鍵をかけていない部屋と同じで、または真っ裸で街中を歩いているのと同じなのです」

「真っ裸！」リンダが、自分の体を覆い隠すように座り込んだ。

ノッポさんは、「無防備」だということを伝えたくて出した喩えなのだろうが、いくらなんでも極端すぎた。

「いやぁぁぁ」と叫ぶとリンダは、ノートパソコンを大理石の床に叩きつけた。その衝撃でディスプレイにヒビがはいる。それではまだ足りないと、今度は壁に投げつけた。リンダのパラノイアが、いよいよ頂点に達したようだ。そんなリンダに、火に油を注ぐようにノッポさんは言った。

「この調子だと、多分、スマホも遠隔操作されている可能性がありますね。だって、ほら。この掲示板には、何月何日何時何分に、どこそこに行って何々を食べたとか何々を買ったとか。外出先のことまで詳細に書き込まれている。ということは、スマホに監視アプリ……俗に言うストーカーアプリがインストールされている可能性が高い」

いやぁぁぁぁぁぁ！

リンダの二回目の悲鳴が轟いた。と同時に、彼女のスマホが打ち壊された。

その帰り。ノッポさんはいかにも残念そうな表情だった。いたたまれず、淑子は言った。

「すみません、わざわざ来ていただいたのに、結局、盗聴器は発見されなくて。しかも、破壊されたパソコンとスマホの処理までさせてしまって。……もちろん、お代はお支払いします。請求書は――」

「いえ、違うんです」ノッポさんは言った。「メールの内容が漏れていた原因は、遠隔操作ウィルスの仕業だと思います。スマホにも、かなりの確率で監視アプリが仕込まれていたと思うのです。そういう意味では、リンダさんが言うように〝盗聴〟されていたというのは間違いではないのです。ただ――」

「……ただ？」

「スマホに監視アプリをインストールされていたのは、不倫相手……鷹橋健斗のほうじゃないかと、思うのです」

「え？」

「というのも、あの匿名掲示板に書き込まれていたのは、鷹橋との密会のことばかりでした」

「あ、そういえば」

「思うに、犯人は、不倫相手の奥さんなんでは」

「鷹橋の奥さん？」

「はい。そう考えれば、リンダさんのパソコンに仕込まれたウィルスも説明がつきます。多分、奥さんは、鷹橋のスマホかパソコンから、鷹橋を装ってリンダさんにウィルスメールを送ったんじゃないかと。恋人からのメールともなれば、無防備になるものです」

「……なるほど」

「あの奥さん、鷹橋を許した……なんて報道に出ていましたが、やっぱり全然許してなかったんでしょうね。……あーあ。僕、あの奥さんのファンだったのに、残念だ。そんなに執着心の強い女だったなんて」

「……奥さんのファンって？」

「あれ？　知りませんでしたか？　まあ、それも仕方ないか。……鷹橋の奥さんは、元グラビアアイドルだったんですよ。しかも、セクシー系の。だから、男性には割と人気あったんですけどね。……いずれにしても、なんかガッカリですよ。夫の浮気相手にウィルスを送りつけたり、夫のスマホに監視アプリをインストールしたり。豪徳リンダにしても、あんなにヒステリックな女だとは思ってもいなかった。……女って、怖いですね」

　ノッポさん。それは、男も女も同じじよ。誰だって、裏切られたと知ったら粘着質なことをするんじゃないかしら？　あなただって、そんなときが来たら……と思ったが、淑子は口にはしなかった。

それにしても。……色々と面倒なことになった。

案の定、その日の夕刊のほとんどは、リンダの不倫が継続中だということを報じた。もちろん、大手検索サイトのトップニュースにもなった。

万両百貨店の外商部も、ちょっとしたパニック状態に陥った。というのも、豪徳リンダ復活プロジェクトがプロダクション主導で進んでおり、各関係者に配る詫び状と粗品をこの外商部で準備していたからだ。

「嘘でしょう……」

万両百貨店外商部ぶっちぎりのトップセールスウーマン、大塚佐恵子が見たことのないような表情で夕刊を見つめている。彼女は、プロダクション・イロハの女社長とは懇意の仲で、プロダクションの大口の注文は彼女が窓口になっている。大塚佐恵子がトップセールスの地位を保っているのも、プロダクション・イロハから入る定期的な注文のおかげだ。何しろ、お中元、お歳暮だけで、それぞれ一千万円単位の大口注文だ。今回の、リンダの復帰に伴うあれこれも、かなりの額になると聞いている。

「嘘でしょう……」

大塚が、真っ青な顔で、鸚鵡のように同じ言葉を繰り返している。その隣には〝豪徳リンダ〟の名前が書かれた熨斗の山。そしてその背後には粗品が山と積まれている。

淑子は、少しばかり溜飲が下がる気分だった。何しろ、大塚は自分よりも三年後輩だ。もっと言えば、彼女がここに配属される前は、自分がトップの座に就いていた。なのに、今ではすっかり、彼女にその地位も栄光も奪われている。自分が、この仕事を彼女に教え込んだというのに。今では、「大塚くんを見習いなさい」などと、銀行から出向中の部長に嫌味を言われる始末だ。

ふん、いい気味。

……などと言っている場合ではない。淑子も淑子で、ハザードに晒されていた。豪徳リンダという上客を失うという危機に。

2

それが、昨日のことだ。

言うまでもなく、今日のテレビのワイドショーは、豪徳リンダ一色だった。一度目は若気の至り……ということで許されても、二度目となると世間はブリザードのように冷たい。ネット、新聞、テレビ、どれを見てもバッシングの嵐で、リンダを擁護する声はほとんど聞こえてこない。それでも、自分だけは。自分だけは、リンダの味方でいなくては。たとえ、全世界がリンダの敵になったとしても、自分だけは。……などと気合いを入れながら出社したときだった。デスクに、ファクス用紙が置かれていた。

リンダからだった。

もう、たえられない。助けて。

変なファクスがきたの。

誰に話していいか分からなくて。だって、下手に誰かに話してしまったら、それがリークされてしまうかもしれないじゃない。

身近な人は、もう誰も信じられないのよ！　誰も！

でも、小日向さんなら、きっと大丈夫だよね？……私の味方だよね？　お願い。今すぐ来て！　今すぐに！

リンダは昨日、ノートパソコンとスマートフォンを自ら壊してしまった。そこで、ファクスでメッセージを送ってきたらしい。……でも、なんで、ファクス？　ファクスを送るんなら、電話をすればいいのに。

＋

『ダメ、電話は。だって、声を誰かに聞かれる』

リンダは、ＡＤのカンペさながら、スケッチブックにマジックペンでそう書き殴った。そのスケッチブックとペンを持ってきたのは、淑子だった。ファクスの最後に「スケッチブックとマジックを私の部屋に持ってきて」とあったからだ。でも、まさか、筆談に使うためだったとは。

『まだ、盗聴を疑っているんですか？』

淑子も筆談に応じ、スケッチブックにそう書いた。

『うん、絶対、盗聴されている』

『でも、昨日、盗聴器バスターの人は、盗聴器はないって』

『その人が未熟か、それともうちに仕掛けられた盗聴器が凄すぎて、発見されなかっただけだと思う。絶対、仕掛けられている。だって』

一枚では収まらず、リンダは紙をめくった。

『だって、ファクスが送られてきたのよ。おかしいでしょう？　だって、うちのファクス、全然使ってないんだよ。こっちからも送らないし、送られてくることもない。存在すら、忘れてた』

リンダは、リビングの隅に追いやられたファクス機を見遣った。そのファクス機は一年前、淑子が納入したものだ。女性誌にエッセイを依頼されたとき、編集部と原稿のやり取りをしたいから……というのが理由だったが、そのエッセイはたった一回きりで、そのあとは放置。

『なのに、昨日、いきなり、ファクスが送信されてきたんだよ。しかも、ノートパソコンとスマートフォンを壊したあとに。つまり、ノートパソコンもスマートフォンも使えないことを知っているってことだよ。だから、ファクスで送ってきたんだよ』

なるほど。……いや、でも、あのノッポさんは、盗聴器なんてないとはっきり言っていた。

……いや、でも、弘法にも筆の誤り……とも言うし。他の業者を当たって――。いや、その前に、ファクスを送ってきた人物の特定だ。

『そのファクスを、お見せください。そこには、相手方の電話番号が印字されていると思いますので、それを持って、警察に行きましょう』

リンダは、待ってましたとばかりに紙の束を運んできた。それはまさしく「束」だった。目算で、五十枚はあるだろうか。

「え、それが全部、そうなんですか？」

つい、声が出てしまう。

「しっ」と、人差し指を唇に当てながら、リンダはスケッチブックにマジックペンを走らせた。

『朝起きたら、リビング中、紙だらけだった！　でも、ファクスの受信はまだ続いていて、〝紙を補充してください〟のメッセージが点滅しっぱなし！』

……ああ、そういえば、聞いたことがある。ファクス爆弾。延々とファクスを送り続け、相手の仕事や日常生活を妨害するという嫌がらせだ。かつて担当していたアイドルにも、やはりファクス爆弾が送りつけられたことがある。延々と、卑猥な言葉と画像が送りつけられたのだが、その犯人はすぐに特定された。非通知で送られたものだったが、用紙の端にＦＡＸＩＤがしっかりと印字されていたのだ。そのときは、熱烈なファンの仕業だったが――。

兎にも角にも、これは立派な〝事件〟だ。淑子は、ファクス用紙の束をパラパラとめくった。

「いやだ、何これ！」

が、すぐにそれを手放してしまった。

どの用紙にも、隙間なくみっちりと文字が印字されている。これは、卑猥な言葉や画像よりもインパクトがあり、そして不気味だった。が、気を取り直してその一枚を再び手にした。

かわいい、かわいい、僕の君。
そのおめめも、そのおててても、そのあんよも、総てがかわいいよ。
夢の中で、君は僕に訊くんだ。
「私の望みはなにか、分かる？」
もちろん、分かっているよ。君の望みは、僕のそばにいることだってね。
僕の望みも、君と同じ。
朝も、昼も、夜も、ずっとずっと君と寄り添って、体をからめていたい。
僕たちの望みは、きっとかなうよ。
近いうちに、きっと。
かわいい、かわいい、僕の君。
今夜も僕は、君の夢をみるよ。
そのおめめも、そのおててても、そのあんよも、総て、僕のもの。

文字にすれば他愛もない、ちょっとイカれたファンレターだ。が、それが用紙中にみっちりと印字されているとなると、もはやホラーだ。その用紙を持っているだけで何か呪われそうな気分になる。今すぐにでも放り出したいところだが、淑子は気持ちを切り替えて、その用紙の端に注目した。この部分に、送信側の情報……ＦＡＸＩＤが印字されているはずだ。もっとも、用意周到な相手ならば、ＦＡＸＩＤの登録を消しているかもしれない。そうなると犯人を特定するのは難しいのだが――。

あった！

また声が出そうになったが、今度はこらえた。リンダが訴えるように、こうなると盗聴されている可能性が高いからだ。スケッチブックの用紙をめくると、淑子はペンを走らせた。

『今すぐに、警察に通報しましょう。幸い、犯人は足跡を残しています。ＦＡＸＩＤです。これがあれば、犯人はすぐに特定されるはずです』

リンダは、大きく首を横に振った。

『ダメ！　警察はダメ！　それでなくても、健斗とまだ付き合っていることがバレて、炎上しているのに。これ以上騒ぎになったら』

パソコンもスマートフォンもない身だが、自身の窮地はちゃんと把握しているようだ。多分、テレビのワイドショー。淑子は、壁一面を覆う１００インチの大型テレビに視線を移した。その下には、新聞が積まれている。……あれ？　新聞なんて、取っていただろうか？

『今朝、マンションのコンシェルジュに頼んで、全紙、取り寄せてもらった。私の記事を確認するために』

ああ、そうか。このマンションはホテルと提携していて、ホテル並みのサービスを受けることができる。リンダがこうやって引きこもっていられるのも、ルームサービスがあるおかげだ。

『分かりました。では、プロダクションに連絡を入れておきましょう』

またもや、リンダは大きく頭を振った。

『ダメ、絶対、ダメ！　怒られるから。今度こそ、めちゃくちゃ怒られるから！　殺されるかも！』

殺されるって……。いや、でも、プロダクション・イロハの女社長は確かに恐ろしい。今年八十歳にもなるが、そのエナジーは悪魔並みで、気に入らない人物がいると力業(ちからわざ)で潰してしまうという黒い噂もある。いや、実際、潰しているのだ。

とはいっても。警察もダメ、プロダクションもダメとなると――。

リンダが、すがるような目でこちらを見つめている。あなただけなの、あなただけが最後の頼みの綱なの……と言わんばかりに。

『分かりました。どんなご要望にもお応えするのが外商という職業。豪徳様はわたくしがお守りします。まずは、そのファクスの送信者が誰なのか、そこから調べてみます。早速、FAXIDに記された、このファクス番号を調べてみます』

……と言ってはみたものの。

淑子は、ファクス用紙を片手に、マンションのエントランスで途方に暮れていた。というのも、ＦＡＸＩＤに記されたファクス番号をネットで検索してみたら、なんと、このマンションの管理室のファクスだったのだ。……まさか、このマンションのスタッフが犯人？

そういえば、前にこんな事件があった。マンションのコンシェルジュが、合鍵を預かっているのをいいことに、とある女優の部屋に頻繁に侵入していた……という事件。そのコンシェルジュはその女優の大ファンで、女優が留守のときに部屋に忍び込んで悦楽に浸っていたというのだ。さらに、女優のゴミをこっそり盗んでは、それをオークションにかけて荒稼ぎもしていたというから恐ろしい。思えば、合鍵を持っているのはもちろん、誰が訪ねてきて、いつ留守にしているのかもすべて把握しているマンションのスタッフなら、部屋に侵入することなど朝飯前。盗聴器をつけることだって……。淑子は、コンシェルジュカウンターをちらりと覗いた。客室乗務員のように華やかなスカーフを首に巻いた美女が、慇懃無礼に視線だけで挨拶する。……と、淑子の前を、作業服を着た男性二人が通り過ぎた。長い棒を持っている。多分、消防器具点検の作業員だ。……そういえば、来週の日曜日、うちのマンションでも消防器具点検がある。日曜日なんて休めるはずもない。なのに、毎回土曜日か日曜日で、だからここ数年、無視している。が、マンション内で、嫌な噂を聞いた。留守にしている部屋に無断で作業員が入って、点検を実施していると。なんでも、消防器具点検は法律で定められており、何年もそれを実施していないとマンションを管理するオーナーが処罰の対象になるらしい。だから、強制的に点検をするのだと。……嫌だ嫌だ、勝手に作業員が入るなんて。そんな横暴なことってある？……と考えていたところで、今度は、違う作業服の作業員が四名ほど、ぞろぞろこちらに向かって歩いてくる。腕章に「エアコン点検」とある。そして、あちらからは、「清掃」の腕章をつけた作業員が。そして、ルームサービスのワゴンを押したスタッフも。

……淑子の全身に、鳥肌が立つ。

そうなのだ。このマンションは、大使館並みのセキュリティなんて言いながら、「作業」や「サービス」を名目に、いろんな人がいとも簡単に、出入りしている。そこに「信用」というお墨付きがあるから住人も彼らの訪問を許しているわけだが、その「信用」は本当に「信用」できるのだろうか？　中には、「信用」を盾にした、「悪意」ある人物も交ざっているのではないか？　例えば、コンシェルジュスタッフや、留守の間に無断で点検を強行する作業員。彼らはその気になれば盗聴器だって仕掛けられるし、盗撮用のカメラだって仕込むことができるのだ。……そういえば、リンダはしょっちゅうルームサービスを利用している。

スタッフを人だと思っていないのか、あられもない姿で迎えているところも数回目撃している。そのスタッフがその気になれば……。

……淑子の全身に、今度は冷たい震えが駆け抜けた。

このマンションは、もはや監獄だ。リンダは、刑務官に監視されながら監獄に住んでいるようなものなのだ。

もう、私の手には負えない。やはり、警察に相談するか、それともプロダクションに——。

「あれ？」

淑子は、見覚えのある人影を見つけた。コンシェルジュカウンターでスタッフに話しかけているパンツスーツ姿のその女性は。

「……薬王寺涼子？」

間違いない、あれは梅屋百貨店のトップ外商、薬王寺涼子だ。

淑子が勤める万両百貨店と梅屋百貨店はライバル関係にある。特に外商部は、壮絶な客の争奪戦を繰り広げている。そして、あの薬王寺涼子は、「ブラック外商」として名を馳せていた。客を獲得するためには手段を選ばず、客の要望に応えるためには何でもする。噂では、彼女は闇の組織とも繋がっており、時には手を汚すようなこともするんだとか。いずれにしても、目を合わせてはいけない相手だ。

「それで、すごすごと帰ってきたというわけですか。顧客を放って」

部長が、ネクタイの結び目をいじりながら、嫌味ったらしくねちっこく、淑子に絡んできた。

「放ってなんかいません。一人で下手に動いたら、逆効果になると思ったんです。……いずれにしても、豪徳様は、今、ストーカー被害に遭われています。思うに、犯人はマンション内のスタッフで、犯人はマンション内のファクス機を使用して豪徳様に嫌がらせファクスを――」

「ああ、分かった、分かった。もう、この件はいいよ。終わりだ」

「は？」

「だから、豪徳リンダは、終わりだ……って言っているんだよ」

「どういうことですか？」

「今、プロダクションから連絡が入ったよ。豪徳リンダが逮捕されたと」

「は？」

「だから、逮捕されたの」

「どうして？」

「小日向さん、君、嫌がらせファクスが送られたのはマンション内のファクス機からだ……ということを豪徳リンダに言った？」

「はい」

「もしかして、マンションのスタッフが全員怪しい……とも？」

「ええ。……コンシェルジュ、消防点検作業員、エアコン作業員、清掃員、ポーター、ルームサービススタッフ、すべてが怪しいと」

「なるほど」

部長が、フンッと鼻をならした。向こうの席の大塚佐恵子も、御愁傷様……というようにため息をついた。

「一体、なんなんですか？　どうして、豪徳様は逮捕されたんですか？」

「まあ、あと数時間もすれば報道されるだろうけど。……豪徳リンダは、消防器具点検に来た作業員をカッターで斬り付けたんだそうだ。まあ、軽傷で済んだようだけど。……何かひどく混乱していた様子で、『このストーカー野郎め！』と叫びながら、そのあともずっと暴れていたんだってさ」

「………」淑子は、鯉のように口をパクつかせるのがやっとだった。

「君が変な恐怖心を植え付けたのがいけなかったのかもしれないね。……いずれにしても、豪徳リンダはもう終わりだ。君も、早急に、豪徳リンダの掛売りを清算しなさい。それと、君の異動命令も出ているから。来月から、北海道は網走の系列スーパーに行ってください」

「網走……？」

一体、何がどうなっているのか。小日向淑子は、膝から崩れ落ちた。

3

「小日向さん、お元気そうで何よりです」

大塚佐恵子がにこりと笑う。彼女に会うのは、かれこれ半年振りだった。

結局、淑子は網走には行かなかった。潔く、退職するほうを選んだのだ。今は、故郷の秩父で、ペットショップの店員として働いている。……正解だった。元々、動物が好きで、小学校の卒業アルバムには「将来の夢は、ペットショップを開くこと」と書いていたほどだ。それがどういうわけか、就職したのはデパート。多分、時代の華やかさに浮かれてしまったのだ。淑子が就職したときは、まさに世の中はバブル景気に沸いていた。

「ええ、おかげさまで、私はとても元気です。大塚さんも、お元気そうで」

かつては、憎くて疎ましくて妬ましくて仕方なかった大塚佐恵子。が、今となれば、そんな夜叉のような思いが嘘のようだ。むしろ今は、こうやってわざわざ秩父まで訪問してくれたことが嬉しくて仕方ない。何しろ、大塚佐恵子は、今では大事な顧客だ。

「大塚さんが探してらっしゃるベンガル猫、多分、見つかると思いますよ。うちは、いいブリーダーさんと取引していますので、ご希望の猫さんが生まれたら、すぐに連絡しますね」

そんな仕事のやり取りを一通り終えた後、淑子と大塚はお茶と焼き菓子を囲んで、ちょっとした昔話に興じた。

「それで、豪徳様は……どうされていますか？　週刊誌なんかでは傷害罪で起訴されて、裁判で執行猶予がついたと報道されていますが」

淑子が訊くと、

「今は、入院しているそうですよ」と、大塚佐恵子は囁くように答えた。「まあ、私もよくは知らないんですけれど」

「じゃ、……プロダクションは解雇？」

「はい。……可哀想ですが。もう復帰は絶望的でしょうね」

「そうですか……」

淑子は、この一年間、なぜ自分とリンダがこんなことになったのか、ずっと考えていた。

そして、最近、ある答えにたどり着いていた。焼き菓子を摘むと、淑子は呟くように言った。

「私ね、豪徳様が住んでいたあのマンションで、梅屋百貨店の薬王寺涼子を見かけたんですよ」

「薬王寺涼子さんを?」

「後で知ったんですけど、彼女、鷹橋健斗を担当していたらしくて」

そう、鷹橋健斗。キーはこの男だ。この男が、豪徳リンダを嵌めたのだ。リンダに近づき不倫状態を作り、その情報をマスコミに流す。一方で、匿名掲示板で誹謗中傷を繰り返し、リンダの精神をかき乱した。彼が犯人だとしたら、何もリンダのパソコンにウィルスを送りつける必要もないし、盗聴器を仕掛ける必要もない。そんなことをしなくても、リンダ本人から情報を引き出すことができる。そして、だめ押しが、あのファクス。あれで、リンダの混乱はピークを迎えた。果たして、混乱の中、作業員を斬り付けてしまった。……もっとも、リンダの混乱を後押ししたのは、他でもない、私だ。それも、健斗の計算のうちだったのだろう。……そう、健斗の狙いはリンダだけでなく、私も含まれていたのだ。もちろん、こんな手の込んだこと、一人ではできない。

「……ということは、それらの工作を手伝っていたのが、薬王寺涼子さん?」大塚佐恵子が、半信半疑で質問した。「でも、さすがの薬王寺涼子さんだって、そんな犯罪スレスレのことを……」

「しますよ。顧客に依頼されたものを調達するためだったら、犯罪だろうがなんだろうが、彼女ならします。だって、薬王寺涼子は、ブラック外商ですから」

「そこまでして薬王寺涼子さんが調達したものってなんなんでしょう？」

「〝白雪〟です」

「え？」

「ティーカッププードルの〝白雪〟です。私が豪徳様の注文に応じて、あちこちのブリーダーに当たって、ようやく見つけた、犬です」

「犬？」

「その犬は、大変珍しいものでして。ティーカッププードルの中でもさらに小さくて、毛並みも最高に美しい、まさに、一万匹に一匹いるかどうかの逸品でした。……そう、まさにイ、ッ、ピ、ン。見事な犬でした。でも、私が見つけたときには、もう買い手が付いていまして。それでも豪徳様は欲しいと譲らず、その買い手が支払う予定の五倍の額を提示しました。……結果、その犬は、豪徳様のものとなりました。買う予定だった人には『あの犬は死んだ』ということにして、諦めてもらったそうです。……それで、私、あることを思い出したんです。買う予定だった人の名前が〝タカハシ〟だったことを。というのもその犬は〝予約済み〟という意味で名札がついた首輪をしていたのですが、その名札に〝タカハシ〟と書いてあったんです」

「まさか、……鷹橋健斗のこと？」

「はい。間違いありません。だって、今、白雪ちゃんと一緒に暮らしているのは、……鷹橋健斗ですもの」

そして、淑子は、先週発売されたばかりの『ワンコの心』という雑誌をテーブルに置いた。その表紙を飾るのは、鷹橋健斗と白雪だ。

「逮捕された不倫相手の愛犬を引き取った鷹橋健斗の話は、世間の涙を誘いました。それまでのいかがわしい不倫騒動が、見事、忠犬ハチ公の話に匹敵する美談にすり替わったのです。しかも、そのおかげで、今や鷹橋健斗はお茶の間のヒーローですよ。彼をテレビで見ない日はない。たぶんこれも、薬王寺涼子の手腕でしょうね。……まったく、鷹橋健斗の一人勝ちですよ」

淑子は、しみじみと、お茶を啜った。

「私には、そこまではできません。薬王寺涼子のような仕事は。……大塚さんはどうですか？　薬王寺涼子のような真似、できますか？」

が、大塚佐恵子は答えず、ただただ、微笑むばかりだった。

第五話 ゾンビ

「いい？　やるのよ。やり遂げるのよ」

「できないよ、とてもじゃないが、無理だ。できない」

「ダメ、それでも、やるの。さあ、もう一度」

「ダメだよ、もう、できないよ。こんなの、無理だよ」

「何を言っているの！　こんなことで、弱音を吐かないで」

「こんなこと、どう考えたって、無謀だよ」

「それでも、やるの」

「どうせ、失敗する」

「大丈夫、あなたならできる。あなたなら」

「でも……」

「あの人だってついているんだもの。失敗なんかするはずない」

「い、い、……本当に？　本当に、失敗しない？」

「すべては、あなた次第よ。あなたがうまくやれば、必ず成功する。……だから、やるのよ！　さあ、もう一度！」

1

ラジオをお聞きの皆しゃん、おばんでごじゃいやす、カッペジローだす。

今日のお昼。オサレなカフェでチーを飲んでいたんですら。すると、隣に座っていためんこいギャルっ子二人が、こんな話をしていたんでゲス。

「最近、ノラを保護したのよ」

「ノラ？　猫？」

「そう。三毛猫」

「飼うの？」

「飼いたいんだけど、うちの旦那が許さなくて」

……なんと、そのギャル、人妻だったんだす！　残念だわさ！

あ、この話のオチはここではないでゲスよ。続きがありんす。

「そうか。あんたの旦那さん、頑固だからね。……それで、その野良猫は？」

「めちゃくちゃ私になついてね。もうなんだか、離れることができなくなって。それで、旦那にダメ元で言ってみたの。……賭けをしてみない？　このノラを、血統書付きのセレブ猫と間違えられるほど美しく変身させられるかどうか。すると、旦那、のってきちゃって」

「あんたの旦那さん、ギャンブラーだから！」

「で、ノラちゃんをキャットショーに出してみようってことになったの。キャットショーで何か賞を獲ったら、ノラちゃんを正式に飼ってもいいって。ついでに、私がずっと欲しかった、セリーヌのバッグも買ってくれるって！」

「キャットショー？　いやいやいや、さすがに、バレるでしょう？　野良猫だってことが」

「だからこその、賭けよ。私、頑張ったわ。心を込めてシャンプーして、丹念にブラッシングして、栄養満点の餌を毎日手作りして。美しいポーズも叩き込んだ」

「なんだか、それ、どこかで、聞いたことがあるような話ね……。あ、『マイ・フェア・レディ』。下品で訛りがひどい花売り娘を淑女に仕立て上げて、その成果を見るために舞踏会に連れて行くってやつ」

「そう。私、ヒギンズ教授の心境で、ノラちゃんをセレブ猫に仕立てたの」

「で、結果は？」

「うん、残念なことに……優勝は逃した」

「そりゃ、そうでしょうよ！　『マイ・フェア・レディ』は所詮、作り話よ。現実社会で、そんな都合よくいくはずないわよ」

「優勝は逃したけれど、審査員特別賞はもらったわ」

「え？」

「だから、審査員特別賞。これはある意味、優勝より価値のある賞よ」

「は？」

「つまり、私の勝ちってこと。これで、ノラちゃんと晴れて暮らせるようになったわ。セリーヌのバッグもゲットよ！」

「マジで？」

「うん、マジで」

「いやいやいや、嘘でしょう、そんなこと。だって、キャットショーって、血統書がなくちゃいけないんじゃないの？　どうしたのよ、血統書は」

「ふふふふふ。実はね。これには、ちょっとしたカラクリがあるのよ」

「何よ、カラクリって」

「ノラちゃん、本当は、血統書付きのジャパニーズボブテイルという種類の猫なのよ。ま、パッと見、普通の和猫なんだけどね」

「は？　どういうこと？　野良猫って言ってなかった？」

「私、野良猫なんて、一言も言ってないわよ」

「は？」

「〝ノラ〟としか言ってない。〝ノラ〟って名前なの。イプセンの『人形の家』のヒロインからとったのよ。ノラ、いい名前でしょう？」

「……は？」

「ノラちゃん、可哀想に、飼い主さんが入院することになってね。それで、近所の動物病院で里親を探していたから、私が保護したの。ノラちゃんはすごいんだから。お父さんもお母さんもキャットショーで何回も優勝している、まさにエリート猫なのよ」

「ということは。キャットショーでいい成績をとるのは当然だったってわけね」

「そう」

「だから賭けを？」

「そうよ。私、勝てる勝負しかしないから」

「ということは、あなたの旦那も、あなたの旦那さん……」

「そう。うちの旦那も、あなたと同じように〝野良猫〟だと思っていたから、私が負けると思ったみたいよ。バカな男。……うふふふふ」

おなごは、怖いっちゃ。綺麗な顔して、やることがえげつないでヤンス！

ということで、今日、最初の曲は、『マイ・フェア・レディ』から『踊り明かそう』だす！

ああ、おらも、訛りをなおして、踊り明かしたい！

＋

カーラジオから、往年のミュージカル曲が流れてきた。

笠原亜沙美（かさはらあさみ）は、ふと、唇を歪めた。

「この人ね、デビュー前に私のところに来たのよ」

「カッペジローのことですか？」助手席に座る小日向淑子が、後部座席を振り返った。

「ええ、そうよ。今よりもっとひどい訛りで。だから、私、言ってやったのよ。あなたの訛りは何をどうやってもなおりません。むしろ、訛りをもっと強化して、武器にしたらいかがですかって」

「正解だったわね。そのアドバイスのおかげで、今や彼は、有名人だもの。さすがは亜沙美さん、まさに神のアドバイスね」笠原亜沙美の隣に座る女性が、必死に亜沙美を持ち上げる。

「神だなんて、やめてよミツコさん」まんざらではないというふうに、亜沙美が「ふふふふ」と身を捩る。「でも、彼、本音では納得してないんじゃないかしら。なにしろ、彼がなりたかったのは、アナウンサーなんだから」

「アナウンサー？」

「そう。アナウンサー。全国のテレビ局を片っ端から受けたそうよ。でも、どれも不合格。そりゃそうよ。あの訛りじゃ」

「でも、芸能事務所には所属できたのよね？」

「あのルックスでしょう？　喋らなければ、いい男だもの。あのイケメン好きの社長が、どこからかスカウトしてきたのよ。モデルか俳優にしようってね。で、私に泣きついてきたってわけ。彼の訛りをなおしてください！　ついでに、身のこなし、マナーも叩き込んでください！　って。もちろん、引き受けたわ。だって、それが私の仕事ですもの」

「デビュー前の素人を、オーラのある〝芸能人〟に仕立て上げるのね」

「そう。……でも、彼は無理だったわ。何をどうやっても、訛りはなおせなかった。このまじゃ、彼、病んでしまう。私だって、ノイローゼ寸前だったんだから。で、事務所の社長に言ったの。『いっそのこと、芸人として売り出したらいかがでしょうか？　イケメンが訛り丸出しで喋る。これ、案外、いけると思いますよ』って。そしたら大当たり！　今や……」

「日本一忙しい芸人だもんなぁ！　ワダスも大好きだぁ」

タクシーの運転手が、不意に言葉を挟んできた。

笠原亜沙美は、少々身構えた。

あ、そうだった。ここは、タクシーの中だった。

いけない、いけない。いつもの調子で喋ってしまった。

「お客さんは、まさにヒギンズ教授のようだぁ」

それにしても、ひどい訛りだ。……多分、出身は栃木の南部あたり。自分のことを〝ワダス〟と呼んでいるところをみると、家族に東北出身の人がいるかもしれない。

「ヒギンズ？」亜沙美は、つっけんどんに応えた。

「だからぁ、『マイ・フェア・レディ』だぁ。……やっぱ、お客さんは、言語学者か何かでぇ？」

「ええ、まあ、そうね。そんなところね」

まったくの嘘っぱちだったが、こんなところで本当のことを言っても詮無いことだ。

「ほんなら、ワダスの訛りもなおせますでしょうかね？」

だから、私は言語学者ではないっつーの。私は、ただの一般人だ。もっとも、以前はモデルのようなことを暇つぶしでやっていたが。それが縁で、モデルの卵をコーチすることになり、世界五大ミスコンの一つ、ミス・コスモスのナショナルディレクターにも選ばれた。私がコーチした子がことごとくミス・コスモスのトップ5に入り、その一人が女優として大成したため、それ以降は芸能プロダクションからの依頼が後を絶たない。「この子を、いっぱしの芸能人にしてくれ」と。……本当は、そんな仕事、しなくても充分暮らせるのだが。まあ、暇だし、楽しいから引き受けてはいるが。何より、何か肩書きがないと世間体が悪い。高等遊民なんて肩書き、今では通用しない。「無職」で片付けられてしまう。だから、「エグゼクティブ・ディレクター」なんていうのを名乗っているが。……もうそろそろ、引き際かとは思っている。芸能人を育てるのは、もう飽きた。それに、もっと違う肩書きが欲しい。そう、「ミセス」という永久不滅の肩書きが。……なにしろ、今年で四十になる。

それには、相手が必要だ。今日だって、その相手を探しに、こんな田舎くんだりまで来てみたが。……収穫ゼロ。やっぱり、野球選手なんて、ただの筋肉の塊なのよ。なんでみんな、判で押したようにセカンドバッグを持っているわけ？　金のブレスレットもそう。あれ、かっこいいと思っているのかしら。それに、あいつらときたら、頭の中は、金と女と車と焼肉のことしかないんだから。今日の話題だって、年俸のことばかり。殊更、その年収を自慢していたけれど。それ、私の月収より下ですから！

それをそれとなく伝えたら、あいつら、あからさまにイジケちゃってさ。自分より稼ぎのある女と分かったら、途端に、よそよそしくなっちゃって。結局、あいつらが求めている女性像というのは、家政婦か従順なマネージャーなのよね。あーあ、いやんなっちゃう。もう、スポーツ選手はこりごりよ。……先週、合コンした青年実業家も器の小さい男ばっかりだったし。その前に合コンした若手政治家も口先ばかりの詐欺師のような集まりだったし。……あーあ、どうして世の中、ダメダメな男ばかりなの？　いい男は全滅してしまったのかしら。私と釣り合う男なんているの？　私、このまま、独身人生を歩むしかないの？

「ワダスの訛り、気になりますかねぇ？」

タクシーの運転手が、相変わらず煩い。というか、しつこい。

亜沙美は、だんまりを決め込んだ。

「つーか。自分では、訛りなんて全然ないと思うんだけどよぉ、周囲が『訛っている、訛っている』って、煩いんだぁ」

亜沙美は、やはり答えない。

「自分では、標準語を喋っているつもりなんだけどよぉ」

…………。亜沙美は、これ見よがしに「ふんっ」と、ため息とも鼻息ともつかない声を漏らした。「黙れ」という合図だ。

「それにしても、今日はついてましたぁ」

運転手が、とうとう話題を変えた。

「てっきり、お客さんたちのこと、〝新婚さん〟だと思ったんだぁ」

「は？」なんで、新婚さん？　女ばかりなのに。亜沙美は、つい、反応してしまった。

「ですからよぉ、短距離のお客さんということだぁ」

「短距離の客が……新婚さん？」

「はい。この業界では、短距離のお客さんを〝新婚さん〟って言うんですよぉ」

「なるほど、隠語ね。でも、なんで〝新婚さん〟？」

「それは……。あ、雨だ。雨が降ってきたぁ」

運転手が、嬉しそうに声を上げる。

「今夜は、ゾンビがでるぞぉ」またまた、変なことを言う。

「ゾンビ？」

「ゾンビというのはですねぇ……」

と、突然、激しい衝撃。亜沙美の体も人形のように前後に揺さぶられ、平均台の演技をしている体操選手のように、足があられもない方向に持っていかれる。

「な、何、どうしたの？」

「猫だぁ。……猫を轢いてしまったかもぉ」

「ええ！」

「ワダス、見てくるだぁ！」

運転手がシートベルトを外し、ドアを開け、外に飛び出した。

そのとき。

亜沙美の中に、何かわけの分からない、甘い痺れのようなものが駆け抜けた。

この人、なんて背が高いの。なんなの、この八頭身は。そして、ヘッドライトが照らす、その横顔の美しいこと。……まさに、ギリシャ彫刻の美青年。

笠原亜沙美が、恋に落ちた瞬間だった。

2

「お客さん、神楽坂が通称〝角栄通り〟と呼ばれているのを、ご存じですか？」

新宿から飯田橋に向かうタクシーの中で、小日向淑子は運転手に執拗に話しかけられ、少々うんざり気味に、小さく首を横に振った。もうこれ以上、話しかけるな……という意味だったが、運転手は「角栄通りの由来？　知らない。教えて」という意味合いで受け取ったようだ。滔々と説明をはじめた。

「神楽坂は基本、一方通行なんですけどね、それが、午前と午後で、一方通行の方向が逆になるんですよ。日本で唯一の逆転式一方通行。その理由は……」

この話、いったい、何度目だ。もう、十本の指でも足りないほど、聞いている。しかも、どれも、タクシーの運転手からだ。

「目白に住んでいた田中角栄が、国会議事堂に行くために午前中は坂を下るほうに、午後は自宅に向かうために坂を上るほうに逆転させたんだそうです」

得意げに説明する運転手に、淑子はわざと大きめなため息をついてみせた。……それ、ただの都市伝説でしょう？　が、

「え、そうなんですか？」

と、森本歌穂は嬉しそうに、反応した。

森本歌穂。三年前、総務部から外商部に異動になった、年齢こそ二十九歳だが外商としてはまだまだひよっこの新人ちゃんだ。

……外商部は本来、生え抜きばかりだ。新入社員の中からこれぞという素質のある者を外商部に所属させ、新人の頃から徹底的に〝外商〟として育て上げる。なのに、一度他の部署に所属させた者を、外商部に異動させるなんて。

「全然、知らなかったですぅ。田中角栄って、昔々の総理大臣だった人ですよねぇ。なんか、

最近、ちょっとブームになってますよねぇ」

森本歌穂が、酔っ払いの客をあしらう風俗嬢のように、語尾を必要以上に伸ばしながら、軽快に対応している。

この嘘つきめ。知っていたくせに。前にも、こうやって一緒にタクシーに乗ったときに、タクシーの運転手に延々と説明されたじゃないか。……そんなところも、まさに、風俗嬢だ。

……いや、実際に、学生時代に新宿で風俗嬢のアルバイトをしていたらしい。それが人事にバレて、危うくクビになりそうだったところを、「そういう経験があるのなら、案外、外商が合うかもしれないな」と、外商部預かりとなったのだ。

その判断は、正しかったと認めざるをえない。森本歌穂の〝媚(こび)〟には、こうやって助けられることも多い。が、それが売り上げに結びつかないのが、難点なのだが。

何しろ、森本歌穂は、人を見る目が絶望的になさすぎる。どうでもいいような人にまで過剰に媚を売るものだから、客となりそうな肝心な人物に出会う前に、ネジが切れるのだ。ネジが切れたら、それまでの〝媚〟が嘘のように、仏頂面になる。そんなことではいけない。外商は、究極の〝営業職〟だ。誰それ構わず愛想を振りまいていては、いざというときにエネルギー不足になる。エネルギーは、大切なお客様のために取っておかなくてはならない。

だから、優秀な外商は、滅多やたらに笑うことはないし、口数も少ない。それを〝冷淡〟

とる人もいるようだが、そんなこと、知ったこっちゃない。

「おや、雨が降ってきましたね」

運転手が、声を弾ませた。

「この商売、天気が悪ければ悪いほど、稼ぎどきですから。それに、雨が降ると白バイにも捕まらないし。雨ほど、嬉しいものはないんですよ」

「雨だと、白バイに捕まらないのぉ？」森本歌穂が、いよいよタメ口をききだした。

「やつらも所詮、役人ですから。雨が降ると、開店休業状態ですよ。いひひひひひ」

「へー、雨のときほど、事故が多そうなのに」

「あいつらは、何も、事故防止のために白バイに乗っているわけじゃないですからね。点数ですよ、点数。点数稼ぎだけのために、あいつらは働いてんですよ。あ、そうだ。お客さんは車に乗りますか？」

「うん、たまに」

「だったら、港区は気をつけてくださいね。港区は、とにかく白バイの取り締まりがきついですから」

「区によって、違うのぉ？」

「所轄によって、全然違いますよ。港区は、点数のノルマがきついんでしょうね。ほんと、くだらないことで、切符を切りやがる」

「へー、そうなんだ。気をつける」

「雨が、強くなってきましたね！」運転手の声が、さらに、跳ね上がる。

一方、

「あ……。なんか、台風の影響みたい」

と、スマートフォンを見ながら、森本歌穂は声のトーンを落とした。「マジ、信じられない。もう十一月なのに。季節外れもいいとこ」

「台風？　それは、ラッキーだ。今日は、ゾンビが出るな」

「ゾンビ？」

「タクシー不況時代なんて言われてますけどね。そんな時代でも、うちらタクシードライバーは客を選んでいるんですよ。〝空車〟マークが出ているタクシーをとめようとして、突然、〝回送〟になったり〝迎車〟になったりしたことはありませんか？」

「ある、ある、しょっちゅう！　特に、夜！」

「女性一人や、女性たちだけの客は、敬遠されちゃうんですよ。女性客は、短距離のことが多いんでね。だから、女性客の場合は、とまらないんです。……わたしは違いますよ。わたしは、ちゃんととまります。今回だって、ちゃんと、とまりましたでしょう？」

嘘つけ。一瞬、〝迎車〟マークになったじゃないか。が、馬鹿でかいキャリーバッグを持っていることに気がついたのか、一瞬にして〝空車〟に戻った。キャリーバッグを持っていることで、最短でも東京駅、もしかしたら羽田空港、あわよくば成田空港……ととっさに判断したに違いない。どちらまで？　と、振り向いたその顔は、期待で輝いていた。が、〝飯田橋〟と言った途端、音なき舌打ちが聞こえた。

「新婚さんかよ」そんな、心の声すら、聞こえた気がした。

〝新婚さん〟とは、短距離の客のことだ。これも、前に、タクシー運転手に聞いたことがある。……そう、あのときは……。

＋

「それにしても、〝ゾンビ〟って、なんだったんでしょうね？」

目的地の手前でタクシーを降りると、森本歌穂は首を回しながら、ぼきぼきっと骨を鳴らした。過剰に媚を売りすぎたせいか、仏頂面一歩手前だ。……その癖、なおしなさい。と、言葉が出そうになったが、引っ込めた。今は、この子の上司でもなければ、先輩でもない。

淑子が長年勤めた万両百貨店を辞めたのは、去年だ。そのあとは、実家がある秩父に戻り、地元のホームセンター内にあるペットショップの店員になった。が、それも今月までで、来月には自分のお店を立ち上げる予定だ。今日は、開店準備の一環で、久しぶりに上京した。顧客開拓だ。

腕が鳴る。

淑子は、意気揚々とキャリーバッグを引きずりながら歩き出した。幸い、雨はもう止んでいる。

「ちょっと、待ってくださいよ、今、笠原様に、お電話しますから」

「まだ、電話してなかったの？」

ああ、もうまったく、この子は。こういうところがとろい。

「いい、私がするから」

「でも」

「笠原様とは、あなたより、私のほうが付き合いが長いのよ」

「でも、今は、私が担当しているんですから」森本歌穂が、乱暴に淑子の腕を摑んだ。「そして小日向さんは、今は取引先の一人に過ぎないんですから」

あら、言うじゃない。

でも、森本歌穂の言うことは間違ってはいない。

淑子は、キャリーバッグのハンドルを握りしめた。

そう、今日、私は、商品をお届けに来た〝取引先〟の人間に過ぎないのだ。

それにしても、憎たらしい。

淑子は、電話する森本歌穂の横顔を睨みつけた。

「万両百貨店の森本でございます。今、飯田橋に到着いたしました。ええ、そうです。外濠の付近です。あと三分ほどで、お宅に伺ってもよろしいでしょうか？」

……なかなか、サマになっているじゃない。私がいた頃は、尊敬語も謙譲語もめちゃくちゃだったのに。それに、「どうして、お客様のお宅の前に、タクシーをつけちゃいけないんですか？　お宅とは関係ない離れた場所で降りるなんて、変ですよ」なんて、ゴネてもいた。

そのたびに、こう諭したものだ。「そもそも、私たち外商が、タクシーでお客様のお宅に行くこと自体、失礼なの。外商はね、いつでもどんなときでも、靴底をすり減らしてお客様のために東奔西走するものなの。だから、どうしてもタクシーを使わなくちゃいけないときは、それをお客様に知られないように、ずっと手前で降りるのよ」と。

「結局、〝ポーズ〟ですよね、それ。馬鹿馬鹿しい」と、悪態をつく始末。しかし、何度言っても、目的地の手前で降り、競歩さながらに〝東奔西走〟の体を取り繕っている。でも、今は、自らなんだかんだ言って、成長したわね。……まあ、これなら、ちょっと安心ね。

淑子は、肩の力を抜いた。

実際のところ、心配していたのだ。淑子が担当していた顧客の半分は、森本歌穂に受け継がれた。いくら去る身とはいえ、自分が担当していた顧客が不愉快な思いをしていたら……と思うといたたまれなかった。特に笠原様は、淑子が担当していた顧客の中でも、上客中の上客。なのに、あの出向部長のやつ、機械的に森本歌穂なんかに振ってしまって。あの部長は、所詮、銀行屋なのだ。百貨店のことも顧客のことも、まったく理解していない。

だから、先月、笠原様から直接電話をいただいたときは、背筋が凍りつく思いだった。

「森本が、何かしましたでしょうか？」と、受話器を握りしめ、土下座する勢いで頭を何度も下げた。

「ううん、違うのよ。森本さんは、ちゃんとやってくれているわ。先日も、ヴィトンの旅行鞄を取り寄せてくれたし。でも、さすがの彼女でもちょっと難しいお願いがあってね。それで、小日向さんなら何とかしてくれるんじゃないかと」

そんなことを言われたら、どんな無理難題でも、「ご用命とあらば。必ず、ご用意いたします」と、承諾しないわけにはいかない。

とはいっても、その注文を聞いたとき、

「え？」

と一瞬、絶句した。

「やっぱり、無理？」

「いいえ、大丈夫です。何とかしてみます」

「来月までにお願いしたいの。あの子たちのお誕生日に間に合わせたいの」

「え？　来月？」

淑子は、またまた絶句した。

「やっぱり、無理？」

「いいえ、何とかしてみます」

自分でも嫌になる。外商根性が骨の髄まで染みついてしまっている。「できないと言ってはならない」「どんな無理難題でも、何とかしろ」。万両百貨店外商部の、鬼の鉄則だ。……もう、辞めた身だというのに。

とはいえ、これは、チャンスでもあった。このミッションが成功すれば、自分の店にも大きな収穫となる。

そうして、淑子は、ありとあらゆる手段と人脈を駆使して、その品を手に入れた。それが、今、このキャリーバッグの中にある。

「あらー、淑子さん。お久しぶり、お元気だった？」

チューダー様式の洋館に到着すると、笠原夫人自ら、エントランスまで出迎えに来ていた。

靖国神社を背に、一等地の高台に笠原邸はある。高級マンション、大手出版社、有名大学に挟まれたその一画は、まさにちょっとした杜だ。が、これでもかなり規模は小さくなったのだという。かつてはこの一帯はすべて笠原邸で、その規模は靖国神社よりも広かったとも。今はその敷地の半分はマンションやオフィスビルになってしまったが、その土地の所有は相変わらず笠原家で、その地代だけで、年に数億円。

よく勘違いされるのだが、笠原家は華族ではない。先々代が一代で富を築いた、いわゆる新興資産家だ。戦前までは一介の靴屋に過ぎなかったらしいが、戦後、闇市と進駐軍との商売で儲けた黒い金であっという間にのし上がったのだという。そして、華族が莫大な財産税を課せられて土地と屋敷を手放さざるをえなかったとき、どさくさにまぎれて、芳山伯爵の邸宅を格安で手に入れたと聞く。それだけではなく、かなりえげつない方法で芳山家から全資産を奪ったらしい。すべてを失った芳山家の人々は離散し、今は行方知れず。

一方、笠原家の栄華は続き、その総資産は五百億円とも六百億円とも聞く。

そして、現在。その資産は、先々代の唯一の孫である笠原亜沙美に引き継がれた。

まさに、上客中の上客。万両百貨店の顧客名簿の中でも、スペシャル顧客だ。

「淑子さん、お待ちしていたのよ。本当に、待ち遠しかったわ」

笠原夫人が、少女のように、スカートを翻した。

「恐縮でございます」

一方、淑子は、深々と頭を下げた。

「で、例のものは？」

「もちろん、お持ちいたしました」言いながら、キャリーバッグを引き寄せる淑子。

「まぁ」夫人が、子供のように顔を綻ばせる。

「いらして、さあ、早く、中へ！」

笠原邸に入るのは、一年半振りだ。

いつ来ても、ため息が出てしまう。このエントランス、このロビー、そしてこの天井。

……あ、でも、あそこに雨漏りの跡が。

「今年、東京都有形文化財に指定されちゃってね。それで、なかなか修繕できないのよ。い

「で、どんなお店？」

「え？」

「だから、どんなお店を出すのって伺っているのよ」

「あ……、ペットグッズ専門店を、所沢に」

「まあ、素敵。開店したら、ぜひ、お邪魔させてね」

「ええ、もちろんでございます。招待状、お送りいたします。……でも、ちょっと遠方ですので、もし、ご入用のものがございましたら、こちらに連絡してください。わたくしが、お持ちいたしますので」

淑子は、営業開始とばかりに、意気揚々と名刺を一枚、テーブルに置いた。

あ。こんなところに、シミが。真っ白なテーブルクロス、が、ところどころ、小さなシミが。

淑子は、静かに視線を巡らせた。

そういえば、使用人は？　自分が担当していた頃は、ハウスキーパーを筆頭に五人の家事使用人と三人の厨房係、そして執事代わりの秘書二人とお抱え運転手一人が住み込みで働いていたはずだ。

「所沢といえば、……あの話、覚えている？」

淑子の疑念をよそに、笠原夫人が軽快に言葉を弾ませた。「私がまだ、結婚する前の話よ。野球選手との合コンに付き合ってもらったじゃない。西武ドームまで」

「ええ、もちろん、覚えています。十五年前のことですね」

忘れようたって、忘れられるものじゃない。なにしろ、その帰り、笠原夫人は三つのものを拾った。猫二匹と、そして……。

「やあ、来てくれましたね」

颯爽と現れたのは、笠原和臣。笠原家の婿だ。

そして、十五年前まではタクシー運転手をしていた。

そう、あの、訛りのひどい若い運転手だ。

しかし、まさか、その運転手と結婚するなんて。その話を聞いたときの衝撃は、未だ、体のどこかに残っている。

だって、日本有数の資産家が、タクシーの運転手と！ しかも、十五歳も年下だ！

いや、それより驚きなのは、あの、田舎っぺ丸出しの男が、よくぞここまでの紳士になったものだ。

そりゃ、確かに、すらっと背の高いイケメンだったことは認める。が、その生まれ育った環境からくる品格というか雰囲気というか資質というものは、どうしたって滲んでくる。はじめは〝恋〟という勢いで燃え上がったとしても、生まれ育った環境の違いが、結局は破局の原因となるのだ。

なのに、十五年前。笠原夫人は淑子を呼びつけると、こう依頼したのだった。

＋

「ね、淑子さん。幸い、私には、結婚に反対する親戚や親というのがいないのよ。祖父は天涯孤独だったし、その一粒種の父は早くに亡くなったし、母も五年前、亡くなったわ。そして、私には兄弟もいない。でもね、噂好きの友人はたくさんいるの。彼女たちは、私のちょっとしたミスや疵を見つけては、尾ひれをつけて広げるのを生き甲斐としているような人たちよ。ううん、彼女たちだけじゃないわ。マスコミも含めて日本中の野次馬たちが、私が失敗することを興味津々で待ち構えているのよ。

みんなは、こう思っているわ。

十五歳年下の男と結婚だと？　どうせ、男は資産目当てだ。結婚しても、絶対失敗するぞ……って。

あなただって、本心はそう思っているのでしょう？

環境の違いは、いずれ、破局をもたらす……って。

だからね、私、いいことを思いついたの。彼を私と同じ環境に引き上げるってね。

彼を、非の打ち所のない紳士にしようと思うの。それだけじゃない。彼のプロフィールも考えたわ。長らくイギリスに住んでいた、元華族の御曹司（おんぞうし）ってことにするわ」

「でも、それじゃ、経歴詐称では……」

「経歴詐称なんて、芸能人も政治家も、多少はしているものよ。そんなの、大したことじゃない」

「しかし、経歴詐称がバレて、仕事を失ったコメンテーターや政治家もおりますが……」

「それは、彼らがバカだったからよ。その経歴に見合った立ち居振る舞いをしてこなかったからバレたのよ。詰めが甘かったのね。でも、私はうまくやるわ。彼を、経歴に相応（ふさわ）しい、正真正銘の紳士に仕立て上げるわ。私の集大成にしたいのよ。〝エグゼクティブ・ディレクター〟としての、最後の仕事にね。……協力してくれるでしょう？　お金はいくらかかってもいいわ」

「ご用命とあらば。……では、まず何から？」

「まずはクローゼットからね。バーバリー、アクアスキュータム、ダンヒル、ポール・スミス……なんでもいいから、英国ブランドの最高級品を適当に揃えてちょうだい。……あと、腕時計もね。ブレゲとロレックスとフランクミュラーの最高級のやつを取り寄せて。……それからそれから。……あ、英語ね。彼に、本場のクイーンズイングリッシュを。ううん、その前に、日本語ね。ちゃんとした標準語を叩き込まないといけないわ。かなり大変だと思うけど、大丈夫よ。私、やり遂げるわ。……さあ、特訓のはじまりよ！」

結婚式までの半年で、あの田舎青年を英国帰りの紳士に仕立て上げる？　そんなこと、可能なんだろうか？　淑子はおたおたするばかりだったが、なんと、その半年後。

田舎青年は、見事、紳士に生まれ変わった。各界の著名人が招待された結婚披露宴で、彼は堂々とした紳士として現れたのだ。誰もが、息を呑んだ。その美しい容姿、その隙のない身のこなし、その流暢なクイーンズイングリッシュ。

誰もがこう言ったものだ。

「さすがは、本場英国仕込み。彼こそが、本物の紳士だ」

＋

「やあ、小日向さん。今日は、悪かったね。妻が、また無理難題を？」

あのときの訛りが嘘のように、低音の甘い声で、笠原和臣が囁いた。その足元には、二匹の猫。十五年前、和臣が轢きそうになったあの子猫だ。あのときは泥だらけでガリガリの野良猫だったのに、今では、美しい猫に生まれ変わった。今年十五歳と猫としては高齢なため毛並みは少々衰えたが、それでも、元野良猫とは誰も思わないだろう。

「和臣さん。今日は、メアリーとエドワードの誕生日プレゼントを持ってきてもらったのよ」

メアリーとエドワードとは、猫のことだ。

「誕生日と言っても、拾った日のことだけど。そして、あなたと出会った記念日でもあるわ」笠原夫人が、夫にしなだれかかった。「……私ね、この子たちとあなたがいれば、もう何もいらないのよ」

そんな夫人の肩を優しく抱く、和臣。

まるで、ヨーロッパ映画でも見ているようだ。なんとも、サマになる。

「素敵ですね……」森本歌穂が、うっとりと呟いた。「十五年経っても、まるで恋人のようなんですもの。……憧れてしまいます」

「ええ、そうよ。私たち、夫婦である前に恋人どうしなのよ。そうでしょう？　和臣さん。私たち、死ぬまで恋人どうしよね？」

「ああ、もちろんだよ。……死ぬまでずっと、愛しているよ」

3

「ああ、本当に素敵でしたね。笠原夫妻」

帰りのタクシーの中、森本歌穂が相変わらずのうっとりとした調子で、呟いた。

「ね、そんなことより。ここ最近、笠原様に変わったことなかった？」

「え？　変わったこと？　特には……」

ああ、この子は、やっぱり、まだ半人前だ。いや、三分の一人前だ。

なぜ、あれに気づかない。

まずは、ホールの雨漏り。東京都の有形文化財に指定されたから、修繕ができない？　そんなことはない。あの程度の修繕ならば、そんな難しい手続きはいらないはずだ。しかも、雨漏りはホールだけではなかった。パッと見ただけで、八ヶ所はあった。以前の笠原夫人なら、放っておくはずがない。

それに、マイセンの特注ティーセット。あれは、特注でもなんでもない。あの柄はデパートで売っている出来合いのやつだ。

そして、笠原夫人がつけていた香水は、いつものエルメスではない。ドラッグストアで売っているような安物だ。

さらに、あの茶葉。そこらのスーパーで売っている、一箱二百円の大衆品。

さらに、笠原和臣がしていた腕時計。……信じられないことに、あからさまなパチモノだった！

これらのことから導かれる答えはひとつ。

笠原家は、今、困窮状態にある。色々と工作して、それと分からないように取り繕ってはいたが、外商の目は誤魔化せない。

……もっとも、それに気づかない外商もいるが。

「ね、森本さん。ここ一ヶ月で、笠原様が購入された額はいくら？」

「え？……五百万円にはなると思いますが」

「それは、クレジットカード？」

「いえ。掛売りです。来月、清算される予定です」

「先月はどうだったの？」

「それが、おかしいんですよ。ここ半年ぐらい、ご要望がなくて。だからずっとゼロだったんですけれど、今月に入ってから、急に色々とご購入されて」

ああ。これは。もしかして。

淑子の指が、震えだした。

なのに森本歌穂は、呑気にスマートフォンなんかを操作している。

「あ、〝ゾンビ〟の意味が、分かりました！」

そして、素っ頓狂な声を上げた。

「ほら。行きのタクシーで、運転手さんが言っていたじゃないですかぁ。〝ゾンビ〟って。それがずっと気になっていたんですよぉ。……〝ゾンビ〟って、タクシー業界の隠語みたいですよ。雨の日とかに、お客さんが競ってタクシーを捕まえようとすることを〝ゾンビ〟って言うんですって。なーんだ、もっと怖い意味かと思った。でも、なんで、〝ゾンビ〟？」

「タクシーがなかなか捕まらなくて、あちこちで手を挙げている様子が〝ゾンビ〟のようだからですよ」

タクシーの運転手が、親切にも森本歌穂の戯言に付き合う。

それからは、森本歌穂と運転手の楽しげな会話が続いた。

が、淑子の指は震え、顔は青ざめるばかりだった。

……ああ。猫つぐら。二つで二十万円。いや、本当はもっとかかっている。

それが、パァだ。

4

「まったく。あのときのことを思い出すと、未だに体が震えるわ。何しろ、二十万円、……ううん、七十万円、失ったんだから」

所沢にペットグッズ専門店を開いた小日向淑子のもとに、万両百貨店トップ外商の大塚佐恵子がやってきた。

「どうして、七十万円なんですか？ ひとつ、十万円のお品ですよね？」

「五年待ちのものを、一ヶ月で作ってもらったんだもの。それ相応の軍資金が必要だったんですよ」

「軍資金？」

「猫つぐらの名人さんは、熱海乙女歌劇団の大ファンなんですよ。それで、入手困難なチケットを調達して、特別に、特急で作ってもらったんですよ」

「なるほど。そのチケットを入手するのに、五十万円、かかったんですね」

「最近、熱海乙女歌劇団の人気、凄いじゃないですか。すっかりメジャーになっちゃって。以前は、チケットなんて簡単に手に入ったのに。しかも、半値以下で。なのに、なんだかんだで五十万円もかかっちゃったわ」

「大変でしたね……」

「ほんと、大変だった。定期預金を切り崩してお金を捻出したんだから」

「そこまでして」

「まあ、顧客獲得の必要経費だと思ったからね、頑張ったんですけど。……なのに、笠原さん、夜逃げだなんて」

そう、猫つぐらを納品した翌日、笠原夫妻は夜逃げした。そのあと、お決まりの自己破産。それを見込んで、クレジットカードや掛売りで、限界まで買い物をしたらしい。いわゆる、計画的自己破産だ。言うまでもなく詐欺行為だ。……が、慣れないことはするもんじゃない。激しい罪悪感に苛(さいな)まれたのか、笠原亜沙美は逃避行先の宮古島で体を壊し、あっという間に鬼籍に入ってしまった。

「それにしても、未だに信じられない。あんな凄い資産家が、夜逃げだなんて。私が担当していた頃は、そんな兆候、少しもなかったのに」

「ここ一年で、急激に資産を減らしてしまったようですね。なんでも、たちの悪い投機筋に騙されたようで」

「だからって、そんなに急に没落する？」

「聞いた話だと、ここ十五年の間で、少しずつ、資産は減少していたようですよ」

「十五年？……つまり、結婚してからってこと？」

「そうです。あの旦那様、笠原家の資産運用を任されていたようなんですが、ことごとく、運用に失敗。リーマンショックのときなんか、一気に四百億円、失ったと聞きます」

「四百億円！」

「資産の大半を失いました。それでも、土地から上がる地代で生活レベルはなんとか保てたようなんですけれど、今年に入って旦那様の運用がまたまた失敗して、その損失は三百億円」

「三百億円！」

「頼りの土地もいよいよ売却する羽目になり、収入源を一気に失ってしまったようです。それどころか、多額の負債を抱えることに」

「信じられない！　なんで、そんな素人に運用を任せるのかしら。彼、元はタクシーの運転手ですよ？」

「それだけ、愛してらしたんじゃないですか。なにしろ、和臣さんは、亜沙美さんにとっては、大切な〝作品〟ですから」

「作品どころか、とんだ厄病神じゃない！」

「厄病神？　確かにそうですね」

大塚佐恵子が、意味ありげに微笑んだ。

「ところで、先日、姉小路寿美代さんが、久しぶりに外商室にいらしたんです」

「姉小路さん？……万両百貨店の名誉相談役の？」

その名前を知らぬ者は、万両百貨店にはいない。

今年で御歳九十八歳の、伝説のトップ外商だ。万両百貨店の外商スピリッツを作り上げた人物でもある。万両百貨店の命ともいうべき〝顧客名簿〟をはじめたのも彼女で、その名簿には、大正から今日に至るまでの、門外不出の顧客データが連綿と綴られている。

「その顧客名簿の筆頭にあるお名前を、ご存じですか？」

「もちろん。確か……。芳山光臣伯爵だったかしら。でも、芳山家は戦後没落してその後は一家離散。で、名簿からは消されたはずよ」

「ところが、ここ最近になって復活したんですよ。姉小路さんが、復活させたんです」

「え？　ゾンビってこと？」

ゾンビ。タクシー業界では、必死にタクシーを捕まえようとする客のことをそう呼ぶらしいが、万両百貨店外商部では、一度顧客名簿から消された顧客が再び名簿に載ることをいう。

つまり、一度死んだ客が、甦った……という意味だ。

「姉小路さんは、もともと、芳山家を担当していたそうで、その縁で、芳山光臣のひ孫に当たる女性を新たに顧客名簿に載せたようです」

「芳山光臣のひ孫？　何をされている方？」

「アメリカ在住の投機家で、ここ十五年で急速に資産を増やしたようですよ。聞いた話だと、あの笠原邸もご購入されたんだそうです」

「え？……ちょっと、待って。笠原邸って、確か、元は芳山家のもので……」

「そうなんですよ。不思議な巡り合わせですよね。まるで、あらかじめ計算されていたかのよう」

「計算……？」

「芳山家が描いたシナリオ。……なんていうのは、考えすぎでしょうか？」

大塚佐恵子は、おもむろに手帳を広げた。

「ちなみに、芳山光臣のひ孫は、芳山美都子さんとおっしゃるようですよ」

「ミツコ……？」

淑子の脳裏に、十五年前の記憶がフラッシュバックした。所沢で行われた、野球選手との合コン。

あのとき、合コンに参加した女性陣の中で、一人、知らない女性がいた。笠原亜沙美が連れてきた女性で、最近バーで出会って意気投合したんだと、紹介された。

その日は、本当ならば、笠原家お抱えの運転手が迎えに来るはずだった。が、急病で来られなくなり、それで、その女性がタクシーを拾ったのだが。

……その女性の名前。なんていっただろうか。……ああ、なんていう名前だったろうか？

記憶を辿る淑子の脳に、笠原亜沙美の声が響いてきた。

『神だなんて、やめてよミツコさん』

ミツコ。そうだ、ミツコだ。

＋

「美都子姉さん、僕にはできないよ」

「和臣、やるのよ。やり遂げるのよ」

「姉さん、できないよ、こんな訛り、とてもじゃないが僕には真似できない」

「〝僕〟じゃないでしょ。〝ワダス〟でしょ！」

「無理だ、絶対、無理だ……」

「やるの。……これは、芳山家再興のためなのよ。あなたは芳山家の当主なのよ、あなたがやらないで、誰がやるの」

「ダメだよ、もう、できないよ。こんなこと、無理だよ！」

「何を言っているの！　こんなことで、弱音を吐かないで、男でしょ！」

「こんなこと、どう考えたって、無謀だよ」

「大丈夫、あなたならできる。あなたなら」

「でも……」

「姉小路さんだってついているんだもの。失敗なんかするはずない」

「……本当に？　本当に、失敗しない？」

「すべては、あなた次第よ。あなたがうまくやれば、必ず成功する。……だから、やるのよ！　さあ、もう一度！　はじめからこのセリフを言ってみて！」

「……ワダスの訛り、気になりますかねぇ？　つーか、自分では、訛りなんて全然ないと思うんだけどよぉ、周囲が『訛っている、訛っている』って、煩いんだぁ――」

「そう、その調子！　さあ、続けて！」

第六話　ニンビー

1

港区白金。

十一月。

古川沿いの、低層住宅街。

木枯らし一号が吹き荒れる中、身なりのいい小学生の女の子がスカートを翻しながら家路を急いでいる。ピンク色のランドセルの名札には、『港区立白金第一小学校　五年三組峰越杏里』とある。

「ヒィ、待って、ヒィ、杏里ちゃん、ヒィ……ヒィ、杏里ちゃん、ヒィ、どうして、ヒィ、そんなに急いでいるの？」

後ろから、ヒィヒィ言いながらついてくるのは、クラスメイトのカノンちゃん。幼稚園の頃からの仲良しだ。親が甘やかしすぎているのか、少々肥満気味だ。

「カノンちゃん、早く、早く！」

杏里が、頬を紅潮させながら振り返る。

「いいもの食べさせてあげるから、だから、早く！」

「ヒィ……いいものって？……ヒィ」

「私の大好物。カノンちゃんもきっと、好きだと思うよ」

「だから、何？……ヒィ……ヒィ」

「なんだと思う？」

「分かんないよぉ、なんなの？……ヒィ……っていうか、ヒィ、ちょっと待って、ヒィ、もうあたし、これ以上……ヒィ」

「頑張って、カノンちゃん。……いいいいものが待っているから」

「ヒィ、ヒィ、だから、それはなに？」

「木こり堂のバウムクーヘン」

「バウムクーヘン⁉」

杏里がその名前を口にした途端、それまで息も絶え絶えだったカノンの背筋がピーンと伸びた。

「そう。今日はね、うちに外商さんが来る日なの」

「……ガイショウって？」

「万両百貨店の営業さんよ。商品を届けたり注文を聞きに来たりするの」

「百貨店の人が、わざわざ、杏里ちゃんのうちに？」

「そう。うちはお得意様だから。外商さんがしょっちゅう来ているの」

「へー、すごいね！」

「今日は、パパの取引先に送るお歳暮を選ぶんだって。すごいんだよ。百個も送るんだから」

「百個！　すごいね！」

「それとね。来年の社員旅行の行き先も決めるんだって」

「社員旅行！　すごいね！……杏里ちゃんも行くの？」

「もちろんだよ！　今年も行ったんだよ、シンガポールに！」

「すごいね！……で、バウムクーヘンって？」

「外商さんが、前に来たときに約束したんだ。次は、木こり堂のバウムクーヘンを持ってくるね……って。しかも、プレミアムバウムクーヘンだよ！」

「木こり堂のプレミアムバウムクーヘンって、すっごく並ばないと手に入らないって、テレビで見たことあるよ？」

「特別？」

「そう。フツーの人は、何時間も並ばないと、手に入らない。でも、うちは、特別なの」

「そう、うちには外商さんがついているから。欲しいものは、なんでも持ってきてくれるんだよ」

「ガイショウ……って、すごいんだね」

「そう。何でも持ってきてくれるんだ。……望みのものは、何でもね」

「何でも？……すごいね！」

「そうだよ。すごい人なんだよ。……だから、急ぐよ。木こり堂のプレミアムバウムクーヘン、早く行かないと、お兄ちゃんとお姉ちゃんに食べられちゃう！」

南仏のリゾートホテルを模した、豪奢（ごうしゃ）なマンション。

それを見たカノンが、声を震わせた。

「す、……すごいね！　まるでお城みたい！」

「うん。そうだね。……ほら、行くよ。こっち、こっち」

マンションの裏に建つのは、峰越杏里の家。

勝手口を開けると、見慣れない靴が並べられている。

つい、声が上がる杏里。その頬は、リンゴのように真っ赤だ。

「バウムクーヘンの人？」

カノンの頬も、期待と興奮でカッカと燃えている。

「さ、カノンちゃん、上がって、上がって。……でも、静かにね。外商さんを驚かせるんだから」

声を潜めながら、友人を招き入れる杏里。

抜き足差し足で、廊下を歩く二人。

突き当たりの居間から、何やら声がする。

「……悪いね、大塚さん。そういうわけだから、支払いは、来年でいいだろうか？」

「では、商品をお取替えいたしますか？　もう少し、お手頃なものと」

「いや、それはできないよ。先方も楽しみにしてらっしゃると思うんだ。うちから届くカラスミと干しアワビの詰め合わせは、各方面から好評でね。特に、五星電気本社の部長さんからは、毎回、『今回もとても美味しかった』と丁寧な礼状をいただいているんだから。……なのに、いきなり違うものを送ってしまったら、きっと先方はこう思うだろう。『やっぱり、……

あの会社は安心できない。取引先を変えよう』……と」

「ですが、今年は、カラスミも干しアワビも高騰しておりまして。いつものセットとなりますと、おひとつ三万円は下らないかと。……それを百個となると……」

「だから、頼んでいるんじゃないか。支払いは、来年にしてほしいって。……来年早々、融資も下りることになっているし、何より、五星電気から大量発注の予定があるんだよ」

「承知いたしました。何とかしてみます」

「ああ、それと。支払いを遅らせておいて、こんなことを頼むのは虫が良すぎるとは思うんだが……。お歳暮とは別に、早急に、何か気の利いた土産品を見繕ってくれないか。……七十五個」

「七十五個？　ご予算は？」

「ひとつ、五千円ぐらいで」

「では、熨斗(のし)はどういたしましょう？」

「任せる」

「承知いたしました。……で、用途は？」

「うちの前に、新築マンションができただろう？」

「ええ。何やら、ご立派な建物で。確か、デベロッパーは住吉不動産。最大手でございますね。聞けば、億ションだとか。最低でも一億一千万円だと聞きました。最高価格の部屋はなんと五億円……そのマンションが、なにか？」

「うちからの騒音が煩いって、苦情が来たんだ。で、明日、緊急の管理組合総会が開かれて、俺が呼ばれているんだよ。……多分、吊るし上げられる」

「それは、それは……」

「何とか、話し合いで解決したいんだ。このまま裁判にでもなったら——」

「よい弁護士をご紹介いたしましょうか？」

「いや、うちには、親父の代から世話になっている顧問弁護士先生がいるから、大丈夫だ」

「ああ……あの弁護士さん。でも、あの弁護士さんは……」

「確かに、ちょっと頼りないところはある」

「前に、隣のマンションと争ったときも、弁護士さんがなんの手も打たなかったせいで、負けてしまいました。結果、お父上がお残しになった土地を処分するはめになったわけで——」

「ああ、分かっている。分かっているよ。でも、お世話になっている先生なんだ。そう簡単に切れるもんじゃない。……だから、今回は、裁判になる前に穏便に済ませたいんだよ」

「左様でございますか」

「だから、明日の総会で、なんとしてもマンションの皆様に理解してもらうつもりだ。……ああ、もしかして、五千円の土産では失礼だろうか？　何しろ、相手は、皆金持ちだからな」

「いえ、大丈夫です。ご予算の中で、先方様に喜んでいただけるお値打ちものを見繕います。それが、私ども外商の仕事ですから」

「……悪いね。……本当に世話をかけるね」

「何をおっしゃいます。峰越様は、先代からのお付き合い。こちらが散々、お世話になってきたのです。ですから、今度はこちらがお助けする番でございます。……ただ、これだけはお約束ください。今回のお歳暮とそしてお土産代。……こちらのお支払いは、来年には必ず」

「もちろんだよ。もちろん、分かっている。どんなことをしても、その支払いだけは……」

「それと、今日は、例のものをお持ちしたんですが。このお代も……」

「おお！　やっと来たか！」

「はい。この封筒の中に、結果が入っています」

「そうか、そうか、ようやく来たか」

「それにしても、なぜ、このような検査をご希望されたんですか？」

「うん？　いや、ちょっとね。……血液型がね」

「血液型……？」

「いや、大したことじゃないんだよ。ちょっとした間違いだろうとは思うんだけど、念のためにね。……で、この代金はいくらだったかな？」

「十五万円ほどになります」

「分かった。それも、来年には必ず」

「どうぞ、よろしくお願いします」


廊下で二人の会話を聞いている、杏里とその友人のカノン。

杏里の頬は、湿った土壁のように青ざめている。

「……ごめん、カノンちゃん。……今日は、もう帰ってくれる？」

「……うん。分かった」

カノンの顔からも、先ほどまでの興奮はすっかり失せている。

「そうだ、杏里ちゃん、うちに来る？　うちに、ラ・ジュテームのシュークリームがあるよ？　シュークリーム、食べようよ」

「うん、ありがとう、でも……」

2

「うっわ。酷い事件だな、これ」

万両百貨店品川店、外商部。

根津剛平の唸り声が響く。

剛平はハッと口を噤んだが、その必要もなかったかもしれない。なにしろ平日の午後二時。この時間は誰も彼も営業回りで、オフィスにはほとんど人はいない。銀行から出向中の部長だけが、あくびを噛み殺しながらちらりとこちらを見ただけだった。

「どうしたんですぅ？」

不意に声をかけられて、剛平は大袈裟に体をよじった。

「うっわ、びっくりした。……なんだ、森本さん」

見ると、そこに立っていたのは森本歌穂だった。外回りから戻ってきたのか、両手には大きな紙袋。その額には、大粒の汗が数滴。

「もう十二月だというのに……今日の暑さときたら！　最高気温、二十四度ですって。あと少しで夏日ですよ。……ああ、コートなんて着ていかなきゃよかった」

言いながら、森本歌穂が、隣の席に紙袋をどさっと置いた。そして、

「で、どうしたんですぅ？……酷い事件とかなんとか……」

と、首をこちらに伸ばしてきた。

まったくこの女ときたら。相変わらず、好奇心が強い。

が、隠すようなことでもないので、剛平は、見ていたノートパソコンの画面を森本歌穂にも見えるように角度をずらした。

『港区白金家族五人殺傷事件』

その文字を読み終えた森本歌穂の顔が、引きつる。

さすがの能天気娘も、その字面のおどろおどろしさに面食らったようだ。

「……どうしたんですか？　それ」

いつものぶりっ子もどこへやら、森本歌穂は神妙な面持ちで、声を落とした。「その事件が……どうしたんですか？」

「〝ニンビー〟っていう言葉知ってる？」

剛平は足を組み直すと、出来の悪い生徒と対峙する教師のように、言った。

「ニンビー？」

「not in my back yard の略だよ」どうだこの完璧な発音！　とばかりに、剛平はアメリカ

人のように眉毛を上下させた。「意味、分かる？」

「not in my back yard……うちの裏にあると困る……という意味ですか？」

なんだ、こいつ、やるじゃん。剛平はまたもやアメリカ人のように肩を竦めた。

「そう。つまり、自分ちの近くにあったら困るもの……ということで、日本では、『迷惑施設』とか『嫌悪施設』とか呼ばれている。……まあ、不動産業界の専門用語なんだけどね。このニンビーがあるかないかで、不動産の価値がグンと変わるんだよ」

「事故物件とか心理的瑕疵物件とかなら、聞いたことありますけど。……それとはまた、違うんですか？」

「うん、まったく違う。なにしろ、その物件そのものには瑕疵はないんだから。問題なのは、その物件の周囲にある『迷惑施設』。それがあるおかげで不動産の資産価値がグンと下がっちゃうんだよ。例えば、本来一億円で売れる物件が半値になることもある。……だから、不動産屋は、物件を売買するときは『嫌悪施設』があるかないかを重要視するんだ」

「で、『嫌悪施設』って……具体的に何なんですか？」

「色々あるよ。一番分かりやすいのは、風紀や治安の悪化を増長させるような施設。例えば風俗店とかラブホテルとか。パチンコ屋なんかもそうだね。反社会的勢力の事務所なんかは絶対アウト。……あとは、火葬場とか清掃工場とか下水処理場とか墓地とか新興宗教の施設とか……場合によっては学校や保育園や病院なんかも『嫌悪施設』とされる場合がある」

「学校や保育園……病院もなんですか？　どれも必要なものじゃないですか。もっと言えば、火葬場だって墓地だって……清掃工場だって必要ですよ？」

「まあ、そうなんだけどね。『嫌悪施設』は法律によって定められているわけじゃないからさ、あくまで地域住民の〝不愉快さ〟が指数になっているんだよ。だから、意外なものが『嫌悪施設』になる場合もあるんだ」

「でも……それって」

「保育園ができるのを反対する市民運動とか、よくニュースになってるじゃん。ああいうの見ると、住民エゴだ……とは僕も思うよ。じゃ、自分ちの近くにあったら？　と思うとさ。……やっぱり、考えるじゃん？　絶対必要な施設だって頭では分かっていても、我が家の近くにはあってほしくない。だから、not in my back yard……なんだよ。……まあ、エゴっちゃエゴだよな」

「……で、『港区白金家族五人殺傷事件』とその『ニンビー』が、どう関係あるんですか？」

森本歌穂が、イライラとした様子で本題を急かす。

前置きはこのぐらいでいいだろう……とばかりに、剛平は組んでいた足を解(ほど)いた。

「僕の顧客がね。娘の就職祝いに一人暮らし用のマンションを買うことになってさ。それで、色々と物件を探しているところなんだけど。……これが、まあ、色々と複雑で」

　言いながら、剛平は頭を掻き毟(むし)った。金田一耕助(きんだいちこうすけ)を真似ているつもりはないが、困難な局面にぶち当たったときについ出てしまう癖だ。

「……で、先日、奥様と娘さんがあるマンションを内見して。二人とも大変気に入り、仮契約まで進んだらしいんだ。で、いざ購入……という段になって、旦那が僕に泣きついてきたんだよ。……何が何でも、妻にそのマンションを諦めてもらいたい。だから、説得してくれ……って」

「どうしてです？」

　森本歌穂の質問に、剛平は声を潜めた。

「実は……そのマンションには、旦那の愛人が住んでいるんだよ。だから……」

「は？」森本歌穂の顔が、あからさまに呆れている。「つまり、本妻と愛人がかち合うかもしれないから、なんとかしろ……ってことですか？」

「簡単に言えば、そう」

「外商って、そんなことまでするんですか？」

「まあ、普通はしないと思うよ。でも、お客様に泣きつかれちゃさ。……しかも、僕にしかできないって言うんだよ、あの奥様を説得できるのは僕だけだって。なにしろ、僕、あの奥様にえらく気に入られているからね」

小鼻を膨らませながら、剛平は続けた。

「だから、なんかいい説得の糸口はないかと色々当たっていたら、この記事にぶち当たったというわけ」

剛平は、『港区白金家族五人殺傷事件』と表示された画面を、さらに角度をつけて森本歌穂の方に向けた。

「これは、事件当時のネットの匿名掲示板なんだけど——」

＋

1999年11月24日午前1時10分頃、民家から「近所の家で人が死んでいる」との110番通報があった。

警視庁白金署員らが東京都港区白金一丁目のプレス工場兼住宅に駆けつけたところ、5人が血を流して倒れており、病院に運ばれたがしばらくして全員の死亡が確認された。

事件があったのは峰越泰明(やすあき)宅で、死亡したのは、峰越泰明の母、妻、長男、長女、そして泰明本人。同署は、峰越泰明による無理心中の可能性が高いとして、捜査を進めている。

ご近所『やっぱ。うちの近所だわ、これ』
通りすがり『じゃ、峰越泰明って人、知ってるの？』
ご近所『うん、知ってる』
名無し『白金に住んでるの？　最近流行りのシロガネーゼ？　セレブじゃん！』
ご近所『セレブ？　残念ながら、俺は違う。で、事件が起きた家も違う。同じ白金でも、偶数丁目と奇数丁目じゃ、街の雰囲気も住んでいる層も違う。みんながイメージしているシロガネーゼは、偶数丁目のことだからな。もっと言えば、白金台。昔、大名屋敷があったところだ』
名無し『奇数丁目と偶数丁目とでは、どう違うの？』
ご近所『一丁目、三丁目なんかの奇数丁目は準工業地域。二丁目、四丁目なんかの偶数丁目は第一種中高層住居専用地域。で、今回事件が起きたのは奇数丁目で、しかも古川沿いの低地。昔ながらの町工場の街だよ。みんながイメージしている高級住宅地なんていうのとは、まったく違う』
野次馬『へー、そうなんだ。白金の住民はみんな金持ちだと思ってたぜ』
ご近所『そりゃ、確かに、数年前までは町工場も儲けていたみたいだよ。シンガポールに社員旅行に行ったり、アワビをお歳暮に送ったりさ。……でも、バブルがはじけて阿鼻叫喚（あびきょうかん）。町工場も次々と閉鎖していって。……で、今回事件があった工場も、資金繰りに苦労していたみたい。なのに、相変わらず、バブル時のような大盤振る舞いをしてた。……豪華なお歳暮送ったり、取引先の部長を接待したりして』
名無し『よく知っているな。もしかして、身内？』
ご近所『いや、ただの知り合い。近所だからね。……でも、いい人だったよ、あのお父さんは。いっつもニコニコしていて、怒ったところなんか見たことがない。人を喜ばすことを生き甲斐としているようなところがあった。……でも、その性格が仇になったんだろうね。……結局は首が回らなくなって、無理心中。本当に気の毒だよ。……娘さん、どうするんだろう？』
通りすがり『娘さん？　殺されたんじゃないの？』
ご近所『いや。あともう一人、末っ子の娘がいるんだよ。事件当時小学五年生の。その子だけは助かったみたい』
情報通『その子、親戚に引き取られたってさ』
野次馬『お、もう一人、詳しいやつが現れた！　誰だ？』
情報通『すまん。素性は言えないんだが、峰越家とは近しい関係にある。……で、今回の事件は、ただの無理心中ではないと踏んでいる』
名無し『どういうこと？』

情報通『確かに、峰越さんはお金に困ってらした。が、それ以上に峰越さんを悩ましていたのが、マンションの住民だ』

通りすがり『どういうこと？』

情報通『あの辺は、〝ご近所〟さんが言うようにもともとは町工場の街なんだけど、ここ数年、マンションが次々と建ちはじめて。しかも、ファッション誌なんかで〝シロガネーゼ〟なんて煽るもんだから、勘違いの成金野郎が多く流入してきたんだよ。元からある町工場を〝嫌悪施設〟とか言い出して、騒音問題で訴訟に持ち込んだりして。峰越さんも、それをやられた。で、裁判で、音を出せるのは月曜から金曜の十時から十六時までで、それ以外は音が出るような作業はしないこと……と決められてしまったんだ。峰越さんの町工場が傾きはじめたのは、それが直接の原因なんだよ。峰越さんの工場はプレス工場だ。音はどうしてもつきもんだ。それで、峰越さんは、防音したりマンション住民に慰謝料を払ったりして、色々と手を尽くしたんだが。でも、作業時間を制限させられたことは、痛かった。何しろ、急ぎの大量発注に対応できなくなったからな。それで、注文がグンと減ったんだよ。……しかも、マンションが真ん前にもう一つ建ってしまった。そのマンションも、騒音について峰越さんに難癖つけてきて、管理組合総会で峰越さんを吊るし上げたんだ。翌日、峰越さんの家の前に、峰越さんが持参した手土産が開封もされずに大量に破棄されていたという』

野次馬『ひでー話だな、おい。まさに、住民エゴ。自分らが後から来たくせに、もともとあった工場を吊るし上げるなんて』
通りすがり『そもそも、そこ、準工業地域だろう？　そんなとこにマンションを買うほうが悪い。騒音がどうしても気になるなら、第一種中高層住居専用地域に行け、このバカチンが！』
野次馬『地道に働いてきたのに、それを難癖つけられちゃ、たまんないよな。それで、色々と心が折れちゃったんだろうな……その峰越さん。真面目な人ほど、折れると元に戻らないんだよ。追い詰められちゃうんだよ』
名無し『だからって、無理心中までしなくても。……妻や子供には何の罪もないのにさ』
情報通『ところが、俺は、これは無理心中ではないと踏んでいる』
野次馬『どういうこと？』
情報通『本当に一家心中するつもりなら、末っ子の娘も殺害したはずだ。一人残したところで、その子がどれだけ苦労するかは分かっているからな』
野次馬『確かに……。俺だったら、可愛い子供を一人だけ残して死ねないよ。道連れにする』
情報通『だろう？　しかも、その日、末っ子は友達の家にお泊まりに行っていた。そんな日に、無理心中を決行するだろうか？　無理心中というのは、家族全員で行われなければ意味がない』

名無し『なるほど』

情報通『そこで、俺は考えた。……これは、他の誰かの手による、大量殺人事件だと』

3

「……そういうことで、十八年前、このマンションの近くで凄惨な事件がありまして——」

内田(うちだ)家リビング。目の前に座るのは、内田夫人。

根津剛平は、これ以上ないというほど声を低くすると、続けた。

「……今も、その建物は残され空き家状態。近所の小、中学生の間では、有名なオカルトスポットになっていまして、夜な夜な忍び込んで肝試しなんかも行われているんだそうです。……素性の分からない不良どもの溜まり場にもなっているようで、治安的にはすこぶる劣悪で……」

剛平は、怪談でもするかのように声のトーンを極端に落とし、語尾にも少々ビブラートをかけて、さらに身震いまでしてみせた。

が、

「ええ、不動産屋から聞いているわ。いわゆる『嫌悪施設』が近くにあるってことは」

内田夫人は、ケロッとした顔で言い放った。

「そんなの、近所のお話でしょう？　マンションそのものとは関係ないもの。……『嫌悪施設』なんか気にしてたら、都心なんかどこにも住めないわよ。うちなんか、真ん前が青山霊園よ。まさに『嫌悪施設』だけれど、気にしたことなんかない。むしろ、霊園があるおかげで高い建物が建つ心配もないし、見晴らしは最高よ！　でしょう？」

言いながら、内田夫人はリビングの向こうに広がる景色を指差した。

内田夫人の言う通り、素晴らしい眺めだ。都心とは思えない。この空の広いこと！……が、簡単に同調してはならない。剛平は、姿勢を正すと、言った。

「……はあ、しかしですね。資産価値という面から考えますと、『嫌悪施設』があると、売却するときに不利な点が。……売りにくくなるというか。『嫌悪施設』を嫌がられる方も多いので……」

「何も、投資目的で購入するんじゃないんだから。あくまで、娘の一人暮らし用として、購入するのよ。……売却するときに不利？　そんな不確定な未来のことなんか、今は関係ないわ」

「……ですが。……あの地域は、準工業地域でして、これから先、何か『嫌悪施設』が建つ恐れも……」

「そんなときは、反対運動で蹴散らしてやるわよ。なにしろ、うちの父は全共闘のリーダーだったんですからね！　運動のノウハウは心得ているわ！」

「……は。ですが。あのマンションは、築約二十年。……新築でもっとお値打ちのマンションも近くにございます。そちらを検討されては……」

「ええ、私もね、はじめは新築を勧めたのよ。なんだかんだ言って、新築はいいものよ。でもね、娘が気に入っているのよ。あのマンションがいいって。……あのマンションじゃなきゃ、ダメだって」

「は……左様でございますか……」

「ね、根津ちゃん。もしかして、うちの主人に何か言われた？」

「え？」

図星を衝かれて、剛平の心臓が跳ね上がる。

「いや、まさか、そんな、……はぁ」

「まったく、根津ちゃんはすぐに顔に出るんだから」

「……恐縮です」

「うちの主人、あのマンション、気に入ってないのよね。娘には相応しくない……って。なんだかんだ難癖をつけてくるのよ。あのマンションに、どうしても娘を住まわせたくないみたい」

「…………」

「その理由、何か聞いている？」

「……いえいえ、そんな、まさか、滅相もございません……はぁ……ご勘弁ください……どうか、どうか」体のあちこちから、汗が噴き出してくる。剛平はハンカチを握りしめた。

「いいわよ。あなたの口から聞かなくても、何となくその理由、分かっているから」

身体中からさらに汗が噴き出す。剛平は、ハンカチを額に当てた。

……愛人の存在に気がついていたのか。さすがは、弁護士の妻だ。抜かりがない。……ということは、これは大騒動になるぞ。もしかしたら離婚騒ぎに発展するかもしれない。そうしたら、俺はどっちに付けばいい？　可愛がられているのは夫人のほうだが、経済力があるのは旦那のほうだ。……ああ、俺はどうすれば？

そんなことを考えていると、木こり堂のプレミアムバウムクーヘンを摘みながら、内田夫人が言った。

「あのマンションに芸能人がたくさん住んでいるのが、気に入らないんでしょ、主人は」

「はい、そうなんです、ご主人の愛人は芸能人の——。……は？」剛平は、慌ててハンカチで口を押さえ込んだ。

「え？　愛人って？」

「は？　そんなこと、わたくし、申しましたでしょうか？」

「うん。今、愛人……て」

「え？　ああ、あのマンションは、芸能人の愛人も多く住むと聞いておりまして――」

「あら、そうなの？　まあ、いずれにしても、うちの主人、ご存じの通りの堅物でしょう？　だから、チャラチャラした人たちが多く住むマンションに、娘は入居させられない……って思っているのよ」

「ああ、左様でございますか。……そうですよね。ご主人は弁護士の中の弁護士。愛人……もとい、芸能人が多く住むマンションには、色々と懸念がおありなのでしょう。……はっはっはっ。本当に、内田様はお堅い弁護士様ですから。……はっはっはっはっ」

「でもね、……だからこそ、娘はあそこがいいんだって」

「と、おっしゃいますと？」

「……カッペジロー、もちろんご存じよね？」

「ええ、もちろん。今や、日本を代表するタレントです」

「うちの娘がね、カッペジローの大ファンで。……あんな芸風だけど、あの人、なかなかのイケメンじゃない？　で、あの子、物心つく頃からカッペジロー一筋なのよ。……追っかけしているのよ」

「追っかけ……」

「それで、カッペジローがあのマンションを度々訪れていることを突き止めてね。なんでも、隠れ家にしているみたいなのよ。……だから、どうしてもあそこに住みたいって」

……確か、カッペジローの自宅マンションは、麹町（こうじまち）にある三億円のマンション。一億円でセカンドハウスも購入したようだが、あれは確か、麻布（あざぶ）ではなかったか。……白金にも？まあ、それも珍しいことではないか。売れっ子芸能人ならば、いくつも家を持つのはむしろ当たり前だ。

「……それだけじゃないの。ここだけの話、あのマンションには海野もくずちゃんも――」

内田夫人の語調が、明らかに変わった。見ると、乙女のように頬を膨らませて、うっとりと天を仰いでいる。

「そう、海野もくずちゃんも、住んでいるの」

「海野もくず？」

ああ、熱海乙女歌劇団の。そういえば、先月も、チケットを取らされた。……それにしても、最近の熱海乙女歌劇団の人気は凄まじい。特に、海野もくずの人気ときたら。……どうってことのない、むしろちょっと癖のある容姿なのに、なぜか、中高年女性から絶大なる人気を集めている。……きっかけは、二年前に上演された『貫一お宮２０１５』だ。今風にアレンジされて上演されたこの芝居は大ヒットし、衰退の一途を辿っていた熱海乙女歌劇団も見事息を吹き返した。そして、お宮を演じた海野もくずは、一躍国民的スターとなったのだった。今や、そのファンクラブの会員は一万人とも二万人とも聞く。……そして、この内田夫人も、それまでは韓流スターを追いかけていたのに、今では海野もくず一色だ。

「……もくずちゃんも、あのマンションに住んでいるのよ。だから、何が何でも、あのマンションに入居するわ。もくずちゃんと一つ屋根の下に暮らすのよ。考えただけで、痺れちゃう……」

…………。なるほど。あのマンションに住みたがっているのは娘だけでなく、この内田夫人もなんだ。……こうなると、どう説得したとしても無理だろう。お化けが出ようと殺人鬼が住んでいようと、この夫人を止めることはできない。

……と、なると。

やはり、これは離婚も視野に入れておかないといけないかもしれない。

根津剛平は、小さくため息をついた。

4

「あのさ。カッペジローって、……君が担当しているんだよね？」

職場に戻ると、森本歌穂に声をかけてみる。が、森本歌穂は珍しくパソコンにかじりついていて、剛平の存在に気がつかない。

「なぁ、森本さん、聞いている？」

肩に軽く触れると、森本歌穂は「ヒィ」と、不穏な声を上げた。そして、きっと剛平を睨みつけると、

「な、なんですか？　驚かせないでくださいよ」

「何度も呼んだんだよ。……何？　仕事？」

パソコンを覗き込もうとするも、森本歌穂の体で邪魔をされる。

「お客様のプライベートを扱っているんです。同僚だからといって、安易に覗かないでください」

これまた珍しく、きつい調子で叱られる。

「ごめん、ごめん。……でさ、森本さん、カッペジローを担当しているよね？」

「ええ、してますがぁ？」

「カッペジローって、白金にまだマンション持っているの？」

「白金に……マンション？」

「うん。白金一丁目。古川沿いの、南仏風のマンション」

「……え？」森本歌穂の視線が、一瞬揺れた。が、くいっと顎を上げると、いつもの調子で言った。

「そういえば、そんな話を聞いたことはありますぅ。今から十八年前、カッペジロー様がブレイクされた年に、ご購入されたとか。カッペジロー様にとっては、記念すべき最初のマイホーム。……でも、すぐに引っ越されたと聞きましたがぁ。……まだ、お持ちなのかしら？てっきり、手放されたんだとばかりぃ」

「カッペジローの追っかけしている子が、突き止めたらしいんだよ。どうやら、あそこを隠れ家にしているらしいって」

「へー、そうなんですかぁ」

「カッペジローは、あそこを手放す予定はないだろうか？」

「さあ、知りません。……でも、どうしてぇ？」

「カッペジローがあそこを手放したとなれば、内田様のご令嬢もあそこにこだわる必要がなくなるんだけれど。……ああ、だめだ、だめだ。カッペジローがいなくなっても、海野もくずがまだいる！」

「海野もくず？　もくずちゃんのことなら、大塚さんが詳しいですよぉ。もくずちゃんのファンクラブの代表さんを担当していますからぁ」

森本歌穂が、部屋の奥に視線を送った。そこには、トップセールスの大塚佐恵子が座っている。

「……あの人、ちょっと苦手なんだよな」

でも、今はそんなことを言っている場合ではない。

先ほども、『何が何でも、妻と娘には、あのマンションを諦めてもらってくれ。説得してくれ』と、内田氏からメールがあったところだ。

「あ、あの……」

揉み手で大塚佐恵子に近づいてみるも、

「あら、ごめんなさい。今から、外回り。……何かご用？」

とあっさり躱(かわ)され、

「いえ、いえ、なんでもありません。……いってらっしゃい」

と、剛平は、飼い犬のように大塚佐恵子を見送った。

翌日。

「ああ、それにしても困ったな」

剛平は、白金二丁目に来ていた。

午後二時過ぎ。

いくら十二月だとはいえ、陽はまだ高い。なのにこの古川沿いは、一足先に夕暮れでも迎えてしまったかのように薄暗く、物寂しい。

それは、多分、心理的な問題だ。

川の真上を走る首都高の高架橋。……これがいけないのだ。これがあるから、ますます陰鬱な気分になる。

さらに、この臭い。得体の知れないゴミがプカプカ浮かぶドブ川から漂う、この饐えた臭い。が、ここはれっきとした〝白金〟で、川向こうは〝南麻布〟。地図や情報誌でしか東京を知らない者が聞いたら「おしゃれだっぺ！　憧れの場所だす！」と、目を輝かせるかもしれない。……事実、そう言ったのはカッペジローだった。

カッペジローは、ラジオでこんなことも言っていた。

「白金と聞いて、オラ、現地にも行かないで即決してしまったんだす。図面と完成予想図だけを見て、ハンコを押してしまったんだす。

だって、〝白金〟だもんよ！　オラのイメージでは、おしゃれなパリかミラノか……って感じだったんでがんすよ。

だのに、だのに。

実際に行ってみて、愕然としただす！　なんちゃ、このドブ川は！　しかもだす。オラの部屋の真ん前は首都高で、一日中、車っこがブンブン煩いんだ！　煩いといえば。裏の小汚い町工場。ズッドン、ズッドンって、煩いんだぁ！　これじゃ、ろくに眠れない！　病気になっちまうだ！

だから、窓も開けられないんだ。

開けたら最後、ブンブン、ズッドン、ズッドンの大騒音。しかも、ドブ川から悪臭が！

……ああ、東京って怖いところだぁ。こんなおぞましいところ、もう嫌だぁ！　田舎に帰りてぇ！」

このラジオを聴いていたとき、剛平はど田舎の中学生だった。

「そんなことを言ったって、どうせ田舎には帰らないんだろう？　なんだかんだ言って、東京に行ったやつは、もう田舎には戻らないんだ」

と毒づいたこともよく覚えている。

そうなのだ。どんなに煩くても、どんなに臭くても、どんなに面倒でも、東京にいったん染まった者は、もう元の場所には戻れない。田舎に戻ったところで、すぐに東京恋しさにとんぼ返りするのがオチなのだ。

「……でも、それほど酷いところでもないよな」

剛平はひとりごちた。

確かに、古川はどんよりとしているし首都高の高架橋が作る影は沈鬱だ。が、これはこれで、東京らしい風景ではある。豪奢なマンションとバラック造りの古い工場がモザイクのように入り乱れるこの様こそ、まさに〝東京〟なのだ。何より、立地が素晴らしい。六本木にも近く、低地で準工業地域ではあるが、この辺のマンションに芸能人が多く住むのはよく分かる。芸能人のような水商売は、清々（すがすが）しい高台よりも多少湿り気がある低地のほうが相性がいいと聞いたことがある。〝水〟商売なだけに。

そんなことをつらつら考えながら歩いていると、南仏風のマンションに突き当たった。これが、内田夫人とその娘さんがご所望のマンションか。そして、カッペジローの隠れ家にして、どうやら海野もくずも住んでいるという――。

視線を巡らすと、三階建ての小さなビルが視界に入ってきた。窓と出入り口は板で封鎖され、たぶん、人は住んでいない。……看板が見える。『峰越プレス』と読める。

なるほど。あれが、例の『嫌悪施設』にして、家族五人殺傷事件があった家か。

そう思った途端、全身に鳥肌が立った。寒いわけではない。今日は、例年より気温が高い。むしろ、暖かい小春日和。

なのに、なんだろう、寒気がする。鳥肌が止まらない。……さすがはオカルトスポットとしても名を馳せているだけはある。こうやって見ているだけで、なんとも言えない不安と恐怖がせり上がってくる。霊感などないが、しかし、殺された者の怨念というか無念は、磁気テープに録画された画像のように、この地に残るものなのかもしれない。

……あれ？

剛平は、見覚えのある人影を見つけた。

あれは。……森本歌穂？

そうだ、森本さんだ。なんでこんなところに？

と、視線を巡らせていると、スマホから着信音。

内田氏からだ。

5

「どうにかならないもんかなぁ」

ブルドッグのように幾重にもたるんだ顎を震わせると、内田氏は静かに言った。

「な、君、どうにかならないもんかな？」

内田氏の弁護士バッヂが、ギラリと光る。

根津剛平は、銃弾から身を伏せるように深々と頭を下げた。

「申し訳ありません！」

内田法律事務所、接待室。永田町駅近くの高層ビル二十七階。ここに来るたびに、剛平は平常心を失ってしまう。オフィスそのものは、それほど規模は大きくない。七十平米そこそこの、小規模なオフィスだ。所属している弁護士も三人と、そう多くはない。

が、壁という壁を埋め尽くす法律関係の本。世界中の権威と威厳を詰め込んだようなこの部屋に入ると、全身の毛穴がキュッと縮み上がり、股間がムズムズしてしまう。そう、校長室に呼ばれた小学生のように緊張が膀胱に集中してしまうのだ。

剛平は、股間に力を入れると言った。

「……ですが、奥様の決意は固く、あの部屋をどうしても欲しいと」

「だがね、君」

内田氏は、ブハッと息を吐き出した。ニンニク料理でも食べたのか、なにやら不穏な香りがこちらまで漂ってくる。

「なんだって、あんなマンションがいいんだろうね！　周りに工場は多いし、汚い川は流れているし、……何より首都高が煩いんだよ。窓なんか開けられやしない」

いや、しかし。そんなマンションに愛人を住まわせているのは、内田さん、あなたじゃないですか。……喉まで出かかったが、もちろんそれは飲み込んだ。

「それにだよ。あのマンションは、築二十年近いんだよ？　娘の就職祝いに買ってやる部屋にしては、いくらなんでも古すぎやしないかい？　新築でもっといいマンションなんてゴロゴロしているだろうに。……そうじゃないかい、根津くん？」

「ええ、もちろん。その点についても、奥様にご意見申し上げました。ですが、築年数は関係ないと。……投資するわけじゃないんだから……と」

「じゃ、なんだって、あいつは、あのマンションに拘っているんだ？……もしかして、これは、あいつの罠なのか？」

「は？」

「だから、あいつは何もかも承知の上で、あえて、あのマンションに拘っているのではないか？」

内田氏は、右手の小指をちらっと上げた。つまり、それは〝愛人〟を意味する。

「いえ、それはご安心ください。奥様は、その件についてはまったくご存じないようでございます」

「本当かい？」

「奥様と娘さんがあのマンションに拘るのは――」

ノックが響く。と、同時に、

「失礼します」と、黒のパンツスーツ姿の女性が、コーヒーカップを載せたトレイを片手にドアを開けた。

初めて見る顔だ。

新入りのスタッフだろうか？　胸のネームプレートには、「田中」とある。

それにしても、内田氏の好み丸だしだな。この事務所のスタッフは、みな、ショートカットの女性ばかりだ。しかも、黒のパンツスーツ着用を義務付けている。制服みたいなものだ

……とは言っているが、ただの内田氏の〝好み〟に他ならない。

そう、内田氏の〝好み〟は、細身で中性的で、それでいてどことなく色気のある女性。簡単に言えば、女装が似合う美青年のような女性……ちょっと回りくどい表現だが、これを言ったのは何を隠そう、この内田氏本人だ。いつだったか酒を振舞われたことがあったが、そのときに、酔いに任せて内田氏は言ったのだ。

「わたしは、美青年が好きなんだよ。いや、だからといって、そっちの気があるわけではない。好きなのは女性だ。つまりだ、……美青年のような女性が理想だな」と。

世間では堅物の硬派弁護士で名を馳せている内田氏の口からこんな言葉を聞くなんて……と、はじめはしゃっくりが出るくらい面食らったものだが、しかし、「お客様が仮面を外して本音を見せたときこそ、外商冥利に尽きるというものよ」という大塚佐恵子の言葉をふと思い出し、喜ばしい気持ちにもなった。それからだ。それまでなんだか距離があった内田氏と、こんなふうに膝を交えて話せるようになったのは。

「いらっしゃいませ」

田中さんが、コーヒーカップをテーブルに置いた。

見ると、内田氏がにやけた顔で、何か目配せしている。その手は、田中さんの臀部に。

……ああ、まったく。

弁護士ともあろう人が、なんなんだ、このあからさまなセクハラは。

が、田中さんは、それを拒んでいる様子はない。むしろ、喜んでいるふうにも見える。

……だったら、セクハラではないか。

うん?……田中さんからふんわりとニンニクの臭い。……え?

内田氏と田中さんが、手を絡めながら何やらこそこそ話をしている。その様は、まさに大物と愛人のそれだ。

まさか、内田氏の愛人って、この人なのか？　あのマンションに住まわせているという愛人は？……いや、でも、内田氏の愛人は芸能人のはずでは？

「あれとは、別れたんだ」

田中さんが部屋から出たことを確認すると、内田氏は眉毛を八の字にした。

「芸能人というのは、やはり常軌を逸しているところがある。心が休まるどころか、乱されっぱなしだった。わたしの手には負えない。やはり、愛人というのは港でなくてはならない。そういう点では、一般人が最適だな」

「……………」

何と答えていいか分からずニヤケるばかりの剛平に、内田氏は惚気(のろけ)を続けた。

「あの子はいいぞ。サバサバしているように見えて、でも夜になるとねっとりと納豆のようになるんだ」

納豆……。喩(たと)えがマニアックすぎて、よく分からない。……というか、そもそもそれは褒め言葉なのか？

「つまり、かき回せばかき回すほど、味が出てくるってことだよ。……ひっひっひっ」

げっ。そういう意味か。そのあまりにゲスな喩えに、鳥肌が立つ。が、外商ならばこんなときも営業スマイルを忘れてはならない。

「それはそれは、羨ましい限りです。……僕も納豆は好きです」

などと言ってみるも、今日を境に、納豆が嫌いになりそうだ。

「本当にいい子なんだ。わたしのことを父のように慕ってくれている」

田中さんは、パッと見二十代後半といったところだろうか。

「うちの娘と同い年だ」

え？……ということは？

「そう、今年で二十九歳。……まったく世の二十九歳ならば、もう社会に出て彼女のようにバリバリと働いているというのにな。うちのバカ娘ときたら。浪人した上に留年までして、しかも大学院に進みやがって。あの歳になってようやく卒業ときたもんだ。……これから先、思いやられる」

いや、思いやられるのは、そっちのほうだろう。娘と同じ歳の愛人を毎晩かき回しやがって。……と心では毒づいても、もちろんそんなことはおくびにも出さずに、剛平は言った。

「大丈夫ですよ。娘さんはきっと、立派な社会人となられます」

「そうだろうか？　あのバカ娘は母親に似て、世間知らずだからな。あの歳で、未だにお茶一つ淹れられないんだから。まったく、甘やかしすぎなんだよ。……だから、就職を機に一人暮らしを勧めたのは、実はこのわたしなんだが。……よりによって、あのマンションを選ぶなんて」

内田氏は、またもや眉毛を八の字に下げた。

「なあ、なんとかならんのか？　女房に他のマンションを勧めてくれんかね？」

「……は。ですが、奥様の決意は固く。お化けが出ようと殺人鬼が住んでいようと、奥様の決意を覆すことはできません」

「お化け……」

「いえ、すみません。喩えです」

「殺人鬼……」

「あ、それもただの喩えですので」

「変な喩えをするな」

「申し訳ありません。……とにかく、奥様の決意は固いのです。それに、奥様はもう仮契約まで進めてしまっています。手付けもお支払いになったようで。これで契約解除ともなれば、倍返しです」

「そんなの、分かっている。倍返しでもなんでも、構わん。そんなことは屁でもない」

「契約金のことだけではなく、奥様と娘さんはあのマンションをいたく気に入っておりまして……」

　これでは堂々巡りだ。剛平は姿勢を正すと、小さく深呼吸した。そして、

「……で、ご提案なのですが。別の観点から考えてはいかがでしょうか？」

「別の観点？」

「はい、そうです。もはや、奥様を止めることはできない。それならば――」言いながら、剛平は右手の小指をにょろっと突き出した。そして、「……こちらが引くというのは？」と、小指をさっと引っ込めた。

「……つまり、こちらがあのマンションから手を引くと？」

　内田氏の眉毛が、さらに情けなく垂れ下がる。

「わたしだってね、それは真っ先に考えたよ。でも、あの子の気性から言えば、それは絶対無理だ。……あの子はああ見えて、頑固なんだよ。……それがまた可愛いんだけどな。……それに、負けず嫌いなところもあってな。妻に対抗意識を持っているところがある。『なんで、先に住んでいるこっちが出て行かなくちゃいけないの？　奥さんと私、どっちが大切なの？』って、臍を曲げるに違いない」

「いや、何も、本当のことはおっしゃらなくても。……そこはうまく言いくるめて。……いいマンションが他に見つかったからそちらに移ろうとかなんとか」

「嘘をつけと？」

「嘘も方便と言いますし」

「いやー、嘘はダメだよ、君。わたしは弁護士だよ？」

……いやいやいや。俺に嘘をつかせているのは、そっちじゃないか。

「わたしはね、他者の嘘に関しては寛容なんだよ。が、自分が嘘をつくとなると、プライドが許さない」

つまり、他者に嘘をつかせるのはオーケーというわけか。……ってか、愛人を密かに囲っていること自体、立派な〝嘘〟じゃないか。〝嘘〟どころか、〝不貞行為〟だ。なのに、本人はそんなことはちっとも気にしていない様子で、コーヒーをずるずると飲み干す。……ああ、これだから、弁護士っていうのは食えないんだ。屁理屈と詭弁まみれで、喋っているうちに訳が分からなくなる。そしてついには、なんだかこちらがすべて悪い気になってきて、

「……おっしゃる通りです。申し訳ありません」

と、いつのまにか頭を下げてしまう。

「もう一度、挑戦してみます。……奥様を説得してみます」

「うん。頼むよ。……さてと」

そして、内田氏はやおら、首をカクカクと回しはじめた。これは、「もう用は済んだ、帰

れ」という合図だ。

「では――」

と、腰を浮かせたところで、

「そういえば」と、首を後ろに反らせながら、内田氏。「……モリモトというのは、君んところの子かい？」

「モリモト？　森本歌穂のことですか？」

「ああ、そうそう、森本歌穂とかいう子だ」

「……ええ、うちの外商部ですが。……森本が、何か？」

「……いや、大した話じゃないんだ。……元気にしているかね？　森本くんは」

「ええ、まあ。……森本がどうかいたしましたでしょうか？」

「いいや、気にしないでくれたまえ。……さてと」

内田氏が足を組み替えた。これは、「もう帰れ」の合図の中でも最上級のやつだ。剛平は慌てて立ち上がった。

6

万両百貨店品川店、外商部。

職場に戻ると、剛平は真っ先に森本歌穂のデスクを確認した。

外回りからは帰社したようだ。カバンが置いてある。……が、いつもは椅子の背にかかっているカーディガンがない。ということは、休憩に入ったか？　時計を見ると、午後四時ちょっと前。……そういえば、自分もランチを食べ損ねていた。腹が空いた。

剛平はカバンの中から財布とタブレットを抜き出すと、食堂に向かった。


が、食堂には森本歌穂の姿はなかった。中休憩の販売員たちがちらほらいるだけだ。

売れ残りのコロッケパンとサラダパンを手にすると、片思いの相手を探す中学生のように再度視線を巡らせてみたが、やはり、森本歌穂はいなかった。

「まったく」

剛平は、やれやれとパイプ椅子に腰を落とした。

なんだか、今日は、森本歌穂のことばかり考えているような気がする。

なぜ、あの時間、白金一丁目の『峰越プレス』の前に彼女はいたのか。

そして、その後。なぜ、内田氏は、森本歌穂の名前を出したのか。

一日のうちにこれだけ重なれば、気にならないほうがおかしい。

「ああ、もう！」

頭を掻き毟ると、剛平はコロッケパンのビニールの包みを力任せに破り取った。

……森本歌穂のことは、置いておいて。そんなことより、内田さんの奥さんだ。あの奥さんを説得する材料が他にないだろうか？

タブレットを手にすると、剛平はとりあえず〝グレイトプラチナコート〟と入力してみた。内田夫人が所望する例のマンションの名前だ。

うん？

なんだか、昨日より、検索結果件数が増えた気がする。昨日は五千件もなかったのに、今日は、……五万件を超えている。

はて。

でも、まあ、この検索サイトの件数増減は激しい。何かの拍子に、どっかーんと増えることがある。それにしても、増えすぎだが。

まあ、そんなのはどうでもいい。今は、〝グレイトプラチナコート〟だ。

……なのに、剛平はいつのまにか『港区白金家族五人殺傷事件』と入力していた。何か気になるのだ。心に引っかかる。何でだろう……と考えはじめたところで、

「あらー」

と、背後から声がした。

もしや森本さん？　と振り返るも、……違った。むきむきの筋肉を見せびらかすような薄手のTシャツに、ピッチピチのヒョウ柄パンツ。そして、頭にはトレードマークのバンダナ。……『ワクワクマネキン紹介所』の和久田所長だった。この人は、よく分からない。年齢不詳な上に、キャラがブレている。パッと見は時代遅れのマッチョなおじさんだが、その両手の小指は、いつも無意味に立っている。

……何しに来たんだろう？　営業だろうか？　それとも、マネキンさんたちのご機嫌伺い？　いずれにしても……この人、苦手なんだよな。剛平は、そっと体を小さく縮めたが、遅かった。

「あらー、剛平ちゃん、お久しぶり！」

和久田所長が、両手の小指を立てながら、少女のような内股で駆け寄ってきた。

「ちょっと、何よ、あんた。あたしのこと、見て見ぬ振りしようとしたでしょう？」

「……いえ、まさか、そんな」

剛平は、おもむろにコロッケパンをかじった。売れ残りだからなのか、それともそもそもこういう味なのか、ひどく油っぽい。

「言っておくけど、あたしはあんたの顧客、かつ、キューピッドなんですからね！」

キューピッド……。まあ、確かに、そうなるだろうか。なにしろ、この人の紛らわしい物言いのせいで、剛平は由佳子と結婚するに至った。

「で、奥さんは元気なの？　なんか、嫌な噂聞いたけど。まさか、離婚なんてことはないわよね？」

「……いえ、まさか、そんな」

なんだって、そんな噂が。……そうか、由佳子のやつ、食品売場のマネキン仲間に愚痴でも漏らしたか。マネキンはもうとっくに辞めたというのに、未だにかつての仲間と交流があるらしく、なんだかんだとプライベートなことが流出している。それが原因で毎回ケンカしているというのに、それでも懲りずに、あいつめ。

「あんた、奥さんを大切にしなさいよ。あんないい奥さんはいないわよ。なにしろ、あんた、逆玉に乗ったんだからね」

逆玉？　ああ、そうだろうね。なにしろ、あいつの年収は俺のそれの五倍だ。それが、俺をどれだけ傷つけているか。

「よっ、シンデレラボーイ！」

なのに、和久田所長の無神経ないじりは止まらない。

「……あんたさ。奥さんの稼ぎだけで充分暮らしていけんだから、何もあくせく働くこともないんじゃないの？　さっさと辞めたら？」

なにを言っている。これでここを辞めたら、俺は完全にあいつの〝奴隷〟だ。それでなくてもあいつは俺を見下して、俺の仕事そのものも見下している。ああ、確かに、なりたくてなった職業じゃないよ。〝デパート〟にも〝外商〟にもまったく興味はなかったし、「商品を売るだけの職業」と俺自身も見下していた時期もあった。が、商品を売る難しさ、そしてサービス業の奥深さを、この数年で身をもって知った。もっと言えばこの職業にやりがいも感じている。もっともっと言えば、今では〝デパート〟も〝外商〟も俺のアイデンティティに他ならないのだ。なのに、由佳子ときたら。「疲れているみたいね。そんな仕事、辞めたら？」などと、言いくさる。あの上から目線な態度が許せないのだ。ああ、確かに、由佳子の去年の年収は三千万円だ。一日中家に閉じこもっているくせして、それだけの稼ぎがある。一方、俺はその五分の一だ。靴底を減らして、サービス残業に次ぐサービス残業をしても、この程度だ。一番頭に来たのは、この夏のボーナスだ。ボーナスが上がって喜んで帰宅したら、由佳子のやつ、俺にプレゼントだと、百五十万円の時計をくれやがった。俺のボーナスよりお高い時計をな！

こんな感じで、来週支給されるはずの冬のボーナスも、あいつの稼ぎの前で塵（ちり）と化すのだろう。そう思うと、胸が締め付けられるほど虚しいのだ、切ないのだ、やるせないのだ。

……と、残りのコロッケパンを口にねじ込んだところで、

「あら、何、これ。『港区白金家族五人殺傷事件』？」

と、和久田所長が剛平のタブレットを覗き込んできた。

「あら、いやだ。……この事件」

和久田所長の顔が、心なしか青ざめている。

「知っているんですか？」

「もちろんよ。だって――」

和久田所長は、隣のパイプ椅子を引き寄せると、それにそっと腰を落とした。そして、

「この事件で亡くなった奥さん、うちのマネキン紹介所に登録していたんだもの」

と、囁くように言った。続けて、

「事件が起きる、一年ぐらい前だったかな。……大塚さんから頼まれてね」

「大塚さんって、……うちの大塚佐恵子？」

「そう。大塚さん、事件が起きた峰越プレスを担当していてね」

「え、そうだったんですか？　大塚さんが？」

「そう。で、大塚さんが言うのよ。……顧客の一人にアルバイトしたい人がいるから、協力してくれないか……って。事件の前年だから、……一九九八年頃だったかしら」

「アルバイト……」

「当時はね、よくあったのよ。……それまで羽振りが良かった会社が急に傾きだして、家族がアルバイトに出ることが」

「そういえば、うちの母親も、その頃急にパートをはじめました。父親の給料が下がっちゃったもんで」

「でしょう？　あの頃は、ほんと、ひどかったわよね。バブルがはじけて日本全体に暗雲が立ち込めていた。特に一九九七年から一九九九年は地獄だったわよ。潰れるはずがないと思われていた大手金融機関が次々と破綻しちゃってさ。……その煽りを受けて、バブル崩壊後もなんとか踏ん張って利益を上げていた会社も雲行きが悪くなってね。バタバタ潰れたもんよ。事件が起きた『峰越プレス』もまさにそう。メインバンクだった銀行が潰れて、その債権が筋の悪いところに移ってしまったあたりから資金繰りが悪化、で、奥さんがアルバイトに出るようになったの」

「じゃ、奥さんは、マネキンを？」

「ところがね――」

　和久田所長が、さらに声を落とした。

「仕事に出たのは一回だけ。万両百貨店のお中元催事場に出てもらったんだけど、……仕事が肌に合わないって言って。……それからは全然」

「まあ、お中元とかお歳暮の催事場は、地獄ですからね。いきなり素人には無理でしょう」

「あら、そんなことはないわよ。筋がいい子は、素人だったとしても初日から馴染んじゃうものよ。でも、あの奥さんはダメだったわね。なんでも、女子大卒のお嬢様だっていうじゃない。確かに、そんな感じだった。おっとりしていて、世間知らずで。……ああ、そうそう、確か、熱心な熱海乙女歌劇団のファンだったわね。娘を歌劇団に入れるんだ……なんて言ってたっけ」

ここまで言って、和久田所長は大きくため息をついた。そして、

「で、なんでこの事件のことを調べているの？」

と、今度は、ギラリとこちらを睨むように見た。

「まさか、あの噂のこと？……大塚さんのこと？」

「え？」

「そうでしょう。大塚さんのことなんでしょう？　あの噂があんたの耳にも入って、それで、こうやって調べているんでしょう？」

「は？」

「とぼけなくてもいいじゃない。……あたしもずっと気になってたんだから。……ちょっと、

貸して」

　と、タブレットを剛平から奪い取ると、たったたっと我が物顔で操作しはじめた。

「ほら、これこれ。……事件が起きた五年後ぐらいに投稿したものなんだけど」

　言いながら、タブレットを剛平に見せる和久田所長。その顔は、どこか得意げだ。

　タブレットを見ると、それは、昨日、剛平が見つけた例の匿名掲示板だった。


　1999年11月24日午前1時10分頃、民家から「近所の家で人が死んでいる」との110番通報があった。

　警視庁白金署員らが東京都港区白金一丁目のプレス工場兼住宅に駆けつけたところ、5人が血を流して倒れており、病院に運ばれたがしばらくして全員の死亡が確認された。

　事件があったのは峰越泰明宅で、死亡したのは、峰越泰明の母、妻、長男、長女、そして泰明本人。同署は、峰越泰明による無理心中の可能性が高いとして、捜査を進めている。

ご近所『やっぱ。うちの近所だわ、これ』
通りすがり『じゃ、峰越泰明って人、知ってるの？』
ご近所『うん、知ってる』

名無し『白金に住んでるの？　最近流行りのシロガネーゼ？　セレブじゃん！』

え？　ちょっと待って。剛平は、和久田所長の顔をまじまじと見つめた。……今、なんて言った？

「事件が起きた五年後ぐらいに投稿したものなんだけど」

って言わなかったか？　投稿した？

「そう、二〇〇四年頃かしら。あたしがパソコンでインターネットをはじめた頃。当時は電話回線で、電話代がホント大変だったわ。一度なんか二十万円ぐらい請求されたこともあって……なんていう話はどうでもいいのよ。……なんの話だったかしら？　ああ、そうそう、……その頃あたし、インターネットにハマっちゃってね。一日中いろんなことを検索したものよ。で、ふと、あの事件のことを思い出して。検索してみたらこの掲示板を見つけてね、書き込んだというわけ。……初めての書き込みだったから、そりゃ、ドキドキしたわよ！」

「え？　じゃ、もしかして、『情報通』さんですか？」

剛平は、

情報通『確かに、峰越さんはお金に困ってらした。が、それ以上に峰越さんを悩ましていたのが、マンションの住民だ』

　という部分に指を置いた。

　が、和久田所長は頭を激しく振ると、

「違うわよ、それはあたしじゃない。あたしは、……そうそう、これこれ」

野次馬『へー、そうなんだ。白金の住民はみんな金持ちだと思ってたぜ』

　なんだ。ハンドルネーム通りのただの傍観人か。というか、ネットでは、こんな言葉遣いなんだな。

「でもね、なんだかおかしいと思わない？」

　和久田所長は、タブレットを再び引き寄せると、どこぞの刑事のように眉間にしわを寄せた。

「なんで、事件の五年後に、唐突にこのスレッドが立ったのか。当時、もう事件のことは忘れられていたのよ？　一家心中事件ということで事件は解決していたから。なのに、なぜ、今更、その真相を問うようなスレッドが立ったのか？」

「確かに」

「で、あたし思ったの。これ、事件に関係ある人が、ミスリードするために立てたんじゃないかって」

「ミスリード？」

「だって、そうでしょう？　事件は解決しているのに、わざわざマンションとのトラブルを持ち出して」

和久田所長は、その部分に指を置いた。

情報通『確かに、峰越さんはお金に困ってらした。が、それ以上に峰越さんを悩ましていたのが、マンションの住民だ』

「それで、あたし、思い出したのよ。この記事には載ってないけど、この事件の第一発見者は、大塚さんだったんじゃなかった？　って」

「え？　大塚さんが、第一発見者？」

「そう。大塚さんが発見して、そして隣の民家に駆け込んで、それからその民家の人が通報……というのが正確な順番だったはず」

「マジですか？」

「大塚さん、警察にも事情を訊かれているはずよ。それは間違いない。……なのに、この投稿では、そこんところを正確に伝えてないのよ」

和久田所長は、

民家から「近所の家で人が死んでいる」との110番通報があった。

という部分を指でなぞりながら、

「新聞の記事をそのまま転載していると見せかけて、その実、巧妙に重要な情報が省かれているのよ」

「どうして、そんなことが？」

「まだ、分からない？」和久田所長は鼻息荒くタブレットを指で弾くと言った。「このスレッドを立てた人と『情報通』は同一人物で、かつ、事件の印象を巧妙にミスリードしようとしているってこと。……もっと言えば、『情報通』は、大塚さん本人だということよ」

「えええええ！」

剛平は、立ち上がる勢いで声を上げた。

「いやだ、何をそんなに驚いているのよ。あんたもそう思ったからこそ、この事件を検索しているんでしょう？」

剛平は、ブンブンと頭を横に振った。が、思い直すと、

「……そうなんです。気になっているんです。昨日からずっと気になっているんです。……だから、教えてください。……どういうことなんですか？」

「だからね。……『港区白金家族五人殺傷事件』に、大塚さんが関与しているんじゃないかってことよ」

「関与？……どういうことでしょうか？」

「峰越さん、あちこちから借金があってね。聞くところによると、その額三千万円」

「三千万円……」

確かに大金だが、外商部が取引している顧客の年収の平均が大体それぐらいだ。事実、妻の年収も三千万円。だから、それほど驚くような金額には思えない。むしろ、「そんな端金で、一家心中だなんて」と、憐れんでしまう。これも職業病だろうか。

「峰越さん、保険に入ってらしたから、その保険金で借金はチャラになったみたいだけど」

「心中でも、保険金、下りるんですか？　自殺は免責事由になりませんか？」

「まあ、普通はね。でも、その保険は長いこと入っていたもので、しかも、心中を引き起こ

したご主人……峰越泰明さんの心神喪失が認められたために、保険金は支払われたみたいよ」

「ああ、なるほど。聞いたことがあります。自殺でも、心神喪失や精神障害によって意思能力がないと認められた場合は、保険金は支払われることがある……って。え、でも、受取人は？」

「それが、問題なのよ。……なんと、大塚さんだったのよ」

「えええええ」

剛平は、再び、立ち上がる勢いで声を上げた。

「ど、ど、どういうことですか？」

「峰越さん、相当困ってらしたんでしょうね。他にもたくさん生命保険に入っていたらしいんだけど、すべて解約。で、残ったのが、当時、万両百貨店カードが提携していた死亡保険だったんですって。当時、大塚さんはまだ新人で、ノルマが達成できなくて、それで、峰越さんの名前を借りて受取人は自分にして、自腹で掛け金を支払っていたんですってよ。……まあ、よくあることなんだけどね」

そう、よくあることだ。自分も、したことがある。外商なのに、なんで保険屋のようなこともしなくてはならないんだ？　と常々疑問に思っている。

「……つまり、大塚さんは、峰越さんが亡くなったことで保険金をゲットしたと？」

「そう。その保険金で、万両百貨店の掛売り金をチャラにしたんですって」

「つまり、……どういうことなんですか？」

「つまり、大塚さんは、ブラック外商ってことよ。どんな手段を使っても、掛売り金を回収する」

「いやいや、でも」

剛平は、まるで身内をかばうように、声を荒らげた。

「でも、他からの借金もそれでチャラにしたんですよね？……大塚さんが支払ったんですよね？」

「まあ、そうなんだけど。でも、借金のほとんどは、万両百貨店の掛売り金だったみたいよ」

和久田所長は、意地悪くニヤリと笑うと、

「つまり、峰越さん一家は、万両百貨店の掛売りのために死んだようなもの。……そんな噂が立ちはじめたのが、二〇〇四年。そんな頃よ、この掲示板が立ったのは」

和久田所長は、タブレットを今一度、引き寄せた。

「たぶん、火消ししようとしたんじゃないかしら。……大塚さんが」

「そ、そんな……」

「ま、今となっては、確証はなにひとつないんだけどね。……信じるか信じないかは、あなた次第……ってか」

……つまり、大塚さんが、峰越泰明さんを煽って一家心中させた……ってことか？　大塚さんは、確かに、仕事一筋の鉄の女だ。売り上げのためなら多少の無茶もする。だからといって、掛売り金のためにそこまでするか？

「それにしても、可哀想なのは、末っ子の娘よ。……今年で、二十九歳になるかしら」和久田所長が、ため息混じりで言った。「一人だけ、残されて。……お気の毒に」

「その娘さん、そのあとどうなったんですか？」

「親戚に引き取られたって。で、名前も変えて、別人として生きているようよ」

「別人として……」

「罪滅ぼしなんでしょうね、大塚さんが就職先をお世話したって聞いた」

「そうなんですか？……じゃ、もしかして、万両百貨店に？」

「ふふふふふ。さあ、どうかしら」

和久田所長が、意味あり気に笑う。

「案外、あんたの近くにいるかもよ」

「あ、いけない、いけない。こんなことをしている場合じゃなかったわ。あたし、森本歌穂さんに会いに来たんだった！」

そう言いながら、和久田所長は慌てた様子でそそくさと立ち去ってしまった。

森本歌穂？……え、なんで、ここでもまた、森本歌穂？

……まさか、森本歌穂が？

「僕の近くに……？」

「そういえば、聞いたことがあるぞ。森本歌穂が、学生時代に風俗でアルバイトしていたって」

自分のデスクに戻ると、剛平は早速、パソコンを立ち上げた。そして、社員のデータベースにアクセス。去年、結婚祝いの一環として主任代理という肩書きをもらっている。なんともあやふやな肩書きで、実際、何の役にも立たないのだが、データベースのアクセス権を手に入れたことはラッキーだった。こうやって、気になることがあったらすぐにデータベースと照合することができる。

「……ほら、やっぱり！　森本さん、今年で二十九歳だ！」

……間違いない。森本歌穂こそが、『港区白金家族五人殺傷事件』の生き残りだ。だから、今日、事件現場の峰越プレスにいたんだ。

だから、内田氏も気にしていたんだ。……え？　でも、どうして、内田氏が？

その疑問の答えは、例の匿名掲示板が教えてくれた。

その夜、改めて匿名掲示板を読み込んでいると、こんな投稿を見つけた。

情報通『峰越さんを悩ましていたのは、マンションの住民以上に、内田弁護士だ。内田弁護士は長年、峰越プレスの顧問弁護士をしていたらしいが、これがまったく使えない。高額な弁護費用を取る割には、裁判となると、まったくやる気なし。それで、峰越さんは、前にも裁判に負けて、土地をごっそりと奪われている』

「なるほど。内田氏は、かつて、峰越プレスの顧問弁護士だったのか。……それで、森本さんのことを気にかけていたのか」

パズルのピースがすべてカチッとはまったような快感に、剛平は身悶えた。

と、そのとき、気配が通り過ぎた。見ると、森本歌穂だった。

ちくり。

胸の奥に、甘い痛みが灯る。

ああ、今はこうやって明るく振舞っているけど、彼女は壮絶な人生を歩んできたのだ。一家心中の生き残りで、親戚に引き取られ別人となって生きる……という修羅の道。きっと、親戚の家でも幸せではなかったのだろう。もしかしたら、いじめられたかもしれない。だから、一人で生きていくために風俗でアルバイトをはじめたんだろう。それを見かねた大塚さんが万両百貨店を紹介し……。ああ、その大塚さんが、自分の家族を心中に追い込んだとも知らずに。……ああ、なんともひどい話だ。悲劇だ。……守ってやりたい、俺が守ってやりたい！……守ってやる！

「な、なんですか？　根津さん」

森本歌穂がこちらを振り返る。

どきっ。

胸の奥に、再び甘い痛みが灯る。

何なんだ、この感じ。

覚えがあるぞ、そうだ、これは……これは……。

恋だ。

ああ、なんていうことだ。俺は、妻を持つ身でありながら、他の女性に恋をしてしまったというのか？

そうだ。恋をしてしまったのだ。

森本さん！　僕は、どうやら君に恋をしてしまった！

……ああ、森本さん！

7

「それで、どんな感じだった？」

万両百貨店外商部、応接室。大塚佐恵子は、部下の森本歌穂を呼び出すと早速聞いた。

「はい、昨日、例のマンション……グレイトプラチナコートに行ってきました。……残念ながら、あの噂は本当のようです」

「じゃ、本当に、あのマンションでドラッグパーティーが？」

森本歌穂から、この件を打ち明けられたのは二日前だった。担当しているカッペジローの様子がおかしい。倉庫代わりに使っている白金のマンションで、夜な夜な怪しいパーティーが開かれていると。実際、カッペジローには昔から薬物摂取の噂がある。が、それはことごとく所属プロダクションが握り潰してきたのだが。

「……今回は、ちょっと無理かもしれません。見たところ、裏の廃屋で麻取の捜査官らしき人影が」

「張り込んでるのね。じゃ……逮捕も秒読み？」

「たぶん。ネットでも噂が立ちはじめています。……どうしましょう？」

「どうもこうもないわよ。手を引きなさい。カッペジローからは」

「え？　でも、大塚さんは常々、一度名簿に載せた顧客とは棺桶まで……と」

「犯罪者となったら話は別よ。泥がこちらに飛んでこないうちに、早々に切りなさい」

「分かりました。そうします。……それとぉ」

森本歌穂が、もじもじと体を捩る。

「どうしたの？」

「まったく別の話なんですがぁ。部長にお話しする前に、大塚さんのご意見を伺いたくてぇ」

大塚佐恵子は身構えた。森本歌穂が語尾を殊更ねちっこく引き延ばすときは、決まって、男絡みの話だ。

「なに？　どうしたの？」

「内田輝弁護士、ご存じですよねぇ？」

「ええ、……もちろん。内田さんがどうしたの？」

「実は……内田さんは私が学生時代にアルバイトしていた職場の常連さんでぇ――」

「職場？　職場って、もしかして、アレ？」

「はい。アレですぅ」

「なるほど。で？」

「私、内田さんにはよくご指名をいただいていたんですがぁ」

「あら、あなた。弁護士を客にするなんて、たいしたもんね。さすがだわ」

「やめてくださいぃ、そういう言い方。あのバイトは、もう過去のことなんですからぁ」

「ごめんなさい、悪かった。……それで？」

「その内田さんと、先日、紳士服売場でばったりぃ。……それからというもの、連絡先を教えろと、しつこく」

「ああ、確かに、あなたは内田さんの好みのタイプね」

「もう、だから、やめてください！」

「ごめんごめん、分かった、分かった」

「ほんと、困っているんですぅ。どうしたらいいんでしょう？」

「内田さんの担当は根津くんだから、彼に言って――」

「その根津さんなんですけど。彼も、ちょっと」

「根津くんがどうしたの？」

「なんだか、昨日から、おかしいんですよぉ。ずっと私を見ているというか。振り返ると、必ず、根津さんがこちらを見ているんですぅ。で、そのことも、今日、相談したかったんです。……席替えをお願いできないですか？　このままじゃ、私、仕事に集中できなくて。……まったく、彼こそ、ニンビーですよぉ」

「ニンビー？」

「not in my back yard の略です」

「なるほど。『私の背後は、カンベンして』ってやつね」

うまいことを言う。大塚佐恵子は、久しぶりに大笑いした。

（後日談）

カッペジローが逮捕された一週間後。

逮捕劇の現場となったグレイトプラチナコートの前には、未だ報道陣がごった返していた。

「カッペジローのおかげで、このマンションのほうが〝ニンビー〟になってしまいましたね」

大塚佐恵子は、グレイトプラチナコートの一室に来ていた。昔からの顧客に会うためだ。峰越杏里。

そう、あの『港区白金家族五人殺傷事件』の生き残りだ。もっとも、今では、「田中」という名前を使ってはいるが。

「ニンビー？　ええ、本当にそうですね。連日連夜マスコミが押しかけて、おちおち寝てもいられない。近所の人たちはきっと思っているでしょうね。『とんだ迷惑施設だ』って」

杏里が、静かにワイングラスを傾ける。

長らく消息が途絶えていた杏里から連絡があったのは、半年ほど前だろうか。彼女は言った。「仕事を紹介してほしい」と。しかも、「内田法律事務所」で働きたいと。

断ることもできたが、杏里は峰越家の生き残りだ。峰越家の名前は、未だ顧客名簿にある。ということは、れっきとした〝顧客〟だ。顧客の要望とあらば、無下(むげ)にもできない。でも、なぜ、内田氏の事務所に？　その答えが提示されるまで、時間はかからなかった。

杏里が内田氏の愛人としてこのマンションの一室に入居したとき、これは一種の〝復讐〟ではないかと気がついたのだった。

「復讐？　なぜ、大塚さんは、そう思われるんですか？」

「なぜって……」佐恵子は、言葉を濁した。

「大塚さんは、父から何か聞いているんじゃないですか？　父が心神を喪失してしまった本当の理由を」

言われて、佐恵子はあの日のことを思い出していた。

事件が起きたその日の夜。佐恵子は、呼び出されて峰越家を訪れた。

そこには、出刃包丁を握りしめながら、顔面蒼白で佇む峰越泰明の姿があった。

——おかしいとは思ったんだ。杏里は全然俺に似ていない。しかも、血液型もB型だ。俺も妻もO型なのに！　B型の子供なんて生まれるはずないんだ！　だから、君を通して、親子鑑定を依頼したんだよ。その鑑定の結果は、案の定だった。……今、妻に問いただしたところだ。簡単に白状したよ。相手は、内田弁護士だった。騙された。騙された。俺は、妻と内田弁護士にずっと騙されていたんだ。……妻は、内田と寝てやがったんだよ！　そして、生まれたのが、杏里だったんだよ！

「そう。内田弁護士と私は親子。なのに、あのスケベ男ときたら、何も知らずに、私を愛人にして。……これを知ったら、あのスケベジジィ、どう思うかしら？　父のように、発狂しちゃうかしら？」

杏里の言葉を聞きながら、佐恵子は、峰越泰明の最期の言葉を思い出していた。

酷い光景だった。屋内は血だらけで、母と妻と子供二人は、プレスで潰されていた。そして、泰明本人も、その腹を出刃包丁でかっ捌いていたところだった。佐恵子は、思わず、飛び出した内臓をしまい込もうと手を伸ばした。

――ありがとう。もういいんだ、もういいんだよ、大塚さん。あなたには、本当に世話になった。おたくの掛売り金は、保険金でなんとかしてくれ。……ほら、いつか加入したじゃないか。名前だけ貸してくれって。……それで、なんとかしてくれ……。

「父は、私が自分の子供じゃないことを知って、それで、心を壊してしまったんです。だから、私一人を残して、死んでしまったんですよね」杏里は、ワイングラスを傾けながら、台詞を棒読みするように言った。

そんな杏里に、佐恵子は宥めるように言った。

「しかし、あなたのお父様は、それでもあなたを気にかけていました。だからこそ、あの峰越プレスの土地と家屋をあなたに残したんですよ」

――保険金が下りなかったら、ここの土地と家屋も処分してくれ。……もし、万が一、ここの土地と家屋が残ったら、それは杏里に……。

「大塚さん、あなたには本当に感謝しているんですよ。父の保険金が下りるように色々と骨を折ってくださいました。そして、私に、あの廃屋を残してくれました」

杏里は、窓辺に視線を送った。そこからは、『峰越プレス』のサビた屋根が見える。

「なのに、なぜ、私があの工場をそのままにしているか分かります?」

「なぜでしょうか? あそこをお売りになれば、あなたもこんな生活などなさらずとも――」

「このマンションの住人に、ずっとずっと不快な思いをしてもらうためですよ。私たち家族は、ここの住人に〝不快〟だ〝不快〟だと言われてきたんです。それならば、もっともっと不快な思いをしてもらおうと思ったんです。……でも、今となっては、そんな必要もありませんね。だって、このマンション自体が、〝ニンビー〟になってしまったんですから」

杏里が、静かに笑う。

佐恵子はその横顔を見ながら、外商としてどうすべきなのか、思考を巡らせた。

第七話　マネキン

1

「橋爪さんから、連絡あった？」

万両百貨店品川店の地下一階、お菓子売場。バウムクーヘン専門店〝木こり堂〟のカウンターの前で、和久田勝次（かつじ）は息も荒く、立ち止まった。顔見知りの売り子、町谷（まちや）さんが「あ、こんにちは」と軽く会釈する。そして、和久田につられる形で、早口で続けた。「いえ。橋爪さんからはまだ連絡はありません」

「あら、いやだ、どうしよう？」

和久田が経営するマネキン紹介所に、〝木こり堂〟の店長から連絡があったのは、今日の正午過ぎだった。

「おたくから派遣されている橋爪さんが、まだ来ていないんですよ」

「あら、いやだ、うそ。どうしたのかしら」

「そちらから、連絡入れてみてくださいませんか？　こちらは、彼女の個人情報、全然知りませんので」

早速、彼女の個人情報ファイルを引っ張り出してみる。

……二十八歳、医療関係の専門学校中退、身長百六十七センチ、体重四十九キロ、バスト九十、ウエスト六十三、ヒップ……。

そんなことは、今はどうでもいいのよ。欲しいのは、連絡先よ。えーと、連絡先、連絡先……と。あった、これだわ。

連絡先……川崎市S区のマンションに一人暮らし、固定電話なし、携帯電話の番号は……。

携帯に連絡を入れるも、通じない。慌てて個人情報ファイルの続きを確認する。

……緊急連絡先。実家、……静岡県。

早速、実家に電話する。すると、

「え？　あの子、デパートで働いているんですか？」

母親らしき女性が、戸惑った様子で応えた。

「うそ。あの子、モデルをやっているって」

「まあ、マネキンも、モデルみたいなものですから」和久田は、いつもの台詞(せりふ)を吐いた。

「マネキン……って？」

「売り子のことですよ。もともとは、マヌカン。フランス語なんですけれどね」

「……それで、今日は、どんなご用件で？」

「娘さんが、今日、出勤していなくて。連絡もないものですから、なにか、ご存じないかと思いまして」

「いいえ、私は知りません。……あ、でも」

「なにか？」

「昨日だったかしら。あの子から久しぶりに連絡がありましてね。あの子が言うんです。縁を切りたい人がいるから、携帯電話の番号を変更したって」

「あら、いやだ。番号、変更しちゃっているの？　聞いてないわ。……すみません、その番号、教えていただけます？」

「え？」

「ですから、番号」

「というか、あなた、本当に、娘の勤め先の人？」

「ええ、そうですが？」

「なにか、証拠はありますか？」

「証拠？」

「親の私が言うのもなんですが、あの子、美人でスタイルもいいでしょう？」

母親の言う通り、確かに彼女は美人でスタイルがいい。接客センスも抜群だ。今や、〝木こり堂〟のアイドルだ。彼女目当ての客も多いと聞く。「まったく、デパートの男性社員さんまで彼女の顔を見に来るんですよ、変な客も多くて、迷惑なんですよ」と、売り子の中にはそんな愚痴を吐く子もいるが、それでも彼女のおかげで〝木こり堂〟の売り上げはアップしているのだから、文句はない。「でも、いかにも危ない客もいるんですよ？　事件にならないといいけれど」そんなことを言ったのは、町谷さん。〝木こり堂〟の、元看板娘だ。「冗談抜きで、このままではなにか事件が起きると思いますよ」

……事件？　和久田の鼓動が、にわかに速くなる。和久田は受話器を握りしめた。

「あの子、ストーカー被害にあったことがあるんです」母親の話は続く。

「ストーカー？」

「あの子がまだ、専門学校に行っていた頃、こんな感じで電話があったんですよ。『バイト先の上司だが、あの子の携帯電話の番号を教えてほしい』って。ちょっとおかしいとは思いましたけれど、私、教えちゃったんです。そしたら、その人、あの子に一方的に熱を上げていた高校時代の同級生だったんですよ。卒業生名簿を見て、うちのほうに連絡してきたみたいで。私が、うかつにもあの子の携帯電話番号を教えてしまったせいで、あの子、その人につきまとわれるようになったらしくて……。それで、ちょっと、ノイローゼ気味になりまして、専門学校もやめちゃったんですよ」

「そんなことが……。あ、でも、あたしは違いますよ、正真正銘、『ワクワクマネキン紹介所』の所長です」

和久田は言ったが、しかし、母親の防御は固かった。

「私のほうから、あの子に連絡してみますから。それでよろしいですか？」

そして、電話は切れた。

こうなったら、母親に任せてしまったほうがいいかもしれない。

そうだ。まだ午後になったばかり。ただの寝坊かもしれない。今頃、大慌てで売場に駆け込んでいるかもしれない。下手に騒いだら、彼女自身の信用に傷が付く。もう少し様子を見たほうがいい。

などと、ぐずぐずしている間に時間が過ぎ、夕方になってしまった。いてもたってもいられず、和久田は売場に向かった。

「橋爪さんから、連絡、あった？」

2

ああ。

森本歌穂は、呻きのようなため息を漏らした。これで何度目だろうか。

そして、テーブルの上に開いたシステム手帳に、今一度、視線を走らせる。

スケジュール表は、どの欄も隙間なく埋められている。そのほとんどが、赤いペンで書かれた数字、出費の額だ。昨日が三万七千円、一昨日が二万八千円、その前が――。

今現在、財布には、千円札が二枚と小銭が数枚。給料日は明後日だけれど、それまで持つかしら？　今日は、プリペイドカードとクレジットカードだけでなんとか済ませたけれど。そのプリペイドカードも、残りは千円もない。帰りの電車賃でこれは消えるだろう。クレジットカードも、午前中の買い物でいよいよ限度額に達してしまった。今日はお休みだからなんとかなるとして。問題は、明日ね。……二千円と数百円。このうち、二千円は、明日に回したい。

ああ。

もう一度ため息が出たところで、中年のウェイターがやってきた。

「ご注文は、お決まりでしょうか」

一応は、決めている。が、待ち合わせの相手はまだ来ていない。注文は相手が来てからと先ほどもこの中年ウエイターに言ったのに。でも、まあ、それも仕方ない。なにしろ、歌穂がこのテーブルに着いて、もう十五分は経っている。確かに、約束の時間より五分ほど早く着いたのは自分だ。でも、相手も、本来は約束の時間よりいつも早めに到着する人なので、それでちょうどいいと思った。

なのに、約束の時間を、十分過ぎている。

遅刻だなんて。珍しい。

道に迷ったのかしら。

いや、それはない。だって、ここを指定したのはあっちだし。

紀尾井町。老舗ホテルのラウンジ。コーヒー一杯、千三百円もする。

ああ、千三百円。

ひとつ五十円の冷や奴でランチを済ませている身としては、これほどの分不相応もない。千三百円も使うのなら、普通に食事をしたほうがいい。……と、食事のメニューも確認してみたのだが、一番安いクラブハウスサンドで二千七百円。無理だ。財布の中の小銭をかき集めても、二千七百円には届かない。というか、こんなところで全財産使ってしまったら、シャレにならない。明日、どうすればいいの？　学生時代から貯めていた五百円玉貯金箱の中身も、先月まででですっかり使い果たしてしまったというのに。今、私が使えるお金は、この財布の中身だけなのよ？　千円札二枚と、百円玉が数個だけなのよ。……いや、ちょっと待って。もしかしたら、貯金箱の底に、まだ五百円玉があるかも。二枚ぐらいは。……だめだめ、そんな不確かな望みに期待して、散財してしまっては。

　というか、なんで、こんなお高いところを指定したのかしら。もっとリーズナブルなところでもよかったのに。ファストフードショップでも全然かまわないのに。そしたら、百円で済むのに。

　あ、でも、ちょっと待って。

　誘ったのはあっちよ。「ね、大事な話があるんだけど。……久しぶりにお茶しない？」って、一昨日のランチ時、冷や奴をつっついていたら誘われた。そして、「え？　明後日、お休みなの？　なら、私もお休みにするわ。だから、ゆっくり会いましょうよ。行きつけのラウンジがあるのよ。そこで」と、一方的に場所も指定された。向こうだって、私の懐事情ぐらい、それとなく察しているはず。なのに、こんなところに誘うということは。……もしかして、これ、奢(おご)りかも。

　そうよ。奢りよ。

だって、話したいことがあるって。ということは、私に聞き役になれってことでしょう？なら、その代償は払われるはず。というか、払うのが社会人ってものよね？なら、コーヒーと一緒に、クラブハウスサンドも頼んじゃおうかしら。もちろん、自分で払うつもりで注文するのよ。で、会計の段になって、あの人はきっとこう言うはず。「ここはいいわよ」。で、私は、「え、でも。私、食事、しちゃったし」と一応は遠慮するそぶりを見せるけれど、でもきっと「いいから、いいから」と、結局はあの人は奢ってくれるだろう。

そうよ。きっと、そう。だって、あの人は、先輩なんだし。奢るのが、礼儀ってもんよね。なら、注文は今のうちにしていたほうがいいかもしれない。ウエイターを呼びつけようと軽く手を挙げたところで、「バラバラ殺人」という声が、耳に飛び込んできた。

ちらりと隣のテーブルを見ると、若い女性と初老の男性がタブレットを覗き込み、深刻な面持ちで囁きあっている。

「バラバラ殺人か……ひどいな」

「ひどいですね」

「腕も脚も切断されて」

「頭部も切り離されて」

「目玉もくり抜かれ、内臓も切り刻まれて」

「なんで、こんなことするんでしょう？　殺しただけでも、充分、罪なのに」

「バラバラ殺人を犯す一番の動機は、死体の処理だ。例えば、日本のバラバラ殺人で一番有名なのは一九九四年に起きた井の頭公園の事件なんだけど――」

「ああ、知ってます。井の頭公園のゴミ箱に、バラバラに刻まれた死体が捨てられていた事件ですね」

「そう。まるで、はかったように、みな同じサイズに切り刻まれていた」

「なんで、そんなことを？」

「事件当時も、それが問題になったんだ。いろんな説が飛び出したけれど、僕が思うに、生ゴミとして処分しやすいように、そうしたんだと思う」

「生ゴミとして、……処分、しやすいように？」

「一九九四年といえば、ゴミの分別が厳しく言われはじめた頃だしね。ちょっとでも大きなものは、粗大ゴミ扱いにされて、ゴミ収集車が持って行ってくれない可能性もある。だから、あんな形で切り刻んだんだと思うんだ」

「なるほど。……いずれにしても、もう時効でしたっけ。あれ？　時効って撤廃されたから、時効ではないのかしら」

「井の頭公園バラバラ殺人事件は、殺人の時効が撤廃される前に時効が成立したからね、だから、あの事件に関しては、もう裁けない。でも、知っているかい。死体をバラバラにしただけでは、ただの死体損壊遺棄なんだ。だから、今でも、三年経てば、時効になる」

「え、そうなんですか。殺人と同じぐらい、残虐な行為だと思うんですけれど。だって、腕と脚を切断して、頭部を切り離して、内臓を切り刻んで――」

なにやら、物騒な話をしている。バラバラ殺人？　頭部を切り離して？　内臓を切り刻んで？　歌穂が小さくえずいていると、中年ウエイターが今更のようにやってきた。

「お呼びでしょうか？」

3

なぜ、君は、応えない。

こんなに、僕が、呼んでいるのに。

こんなに声を嗄（か）らして、叫んでいるのに。

君は、いつだって、僕の気持ちを弄（もてあそ）ぶように、ただ、意地悪く微笑んでいるだけだ。

ああ、その微笑みが、僕を狂わせる。

そう、僕は、狂ってしまったんだ。

君を愛しすぎて、僕は狂気の底なし沼に、自ら、身を投げたんだ。

そう、君を道連れに。

ああ、僕だけの君。どうしてこんなことになったのか。君は、ちっとも分かっていないね。

ああ、愛しい君。

僕がどれほど、君を愛しているか。君の名前を呼ぶだけで、僕の心は躍り、そして、不安になる。天国と地獄の狭間を、僕は毎日、さまよっているのさ。君が笑えば僕は天にも昇る気分で、君の視線がふと逸れただけで、僕は嫉妬の炎に焼かれる。

もう、こんな毎日はまっぴらなんだ。

僕が欲しいのは、永遠なんだ。永遠の、君の微笑み。裏切りのない、純粋な君の真心。

そして、出した答えが、これなんだ。

だから、分かってくれるね。これは、僕の愛の終着点、愛の証なんだ。君は、僕の愛に包まれて眠るんだ。

そう、君は、自分の身に降りかかった不幸を知ることもなく、この世から完全にいなくなるんだ。

でも、僕はひとつも悲しくはない。僕はむしろ、嬉しいんだ。これで僕は、君のために苦しむことはなくなる。君が他の男のものになるという狂おしい悪夢から、解放されるんだ。

これで、君は、ようやく僕だけのものだね。

僕の首に巻き付いたこの白く細い腕。僕の鼓動をめちゃくちゃに狂わせたその形のいい乳房、甘い香りのその亜麻色の髪。……そして、僕をいくどとなく快楽の沼に突き落としたその芳しい秘密の花園。それらを僕がどんな思いで切り取ったか、君は分かるかい？　それは、喜びだ。

分かるかい？

これは、喜びなんだ。

＋

「百瀬(ももせ)様、これはいったい？」

万両百貨店外商部の大塚佐恵子は、その惨状を目の当たりにして、顔面蒼白で立ち竦んだ。

佐恵子が、顧客の百瀬に呼び出されて、南青山シャトーマンションにやってきたのは、午前十時過ぎだった。

昭和三十年代に建てられたこのマンションは、かつては著名人が多く住む超高級マンションとして名を馳せ、今でもそれなりのブランドとして名が通っているものの、マンションの進化が著しい東京においては、建物としての価値はほとんどない。耐震もセキュリティも時代遅れすぎて、もはや、リスクのほうが多い。それでも常時満室なのは、やはり、その立地のせいだろうか。

そんな南青山シャトーマンションの三〇二号室に住むのは、百瀬洋造、六十八歳。職業、小説家。累積発行部数九百万部。……といっても、それは昭和四十年代から昭和五十年代の約十年間に打ち立てた記録で、平成に入ってからは、その発行部数はほとんど記録に貢献していない。つまり、流行遅れの流行作家である。その証拠に、佐恵子が百瀬の担当をはじめて二十四年、百瀬からの売り上げは二十万円とちょっと。つまり、一年に一万円弱程度のお客様だ。

「どうして、そんな終わった客を未だに相手にしているんですか？　なにかあるごとに呼び出されて、あれこれと用事を言いつけられて。まるで、召使じゃないですか。なのに、売り上げは期待できない。……そんな客、もう客でもなんでもないですよ。切っちゃえばいいのに」

そんなことを言ったのは、後輩の森本歌穂だった。彼女の言い分はもっともだ。百瀬洋造を相手にしても、売り上げになるどころか、マイナスになるばかりだ。それでも、一度顧客名簿に載せた客を切ることはない。いや、切ってはならないのだ。そのことを、今日にでも後輩にきっちり教えなくては。……が、今はそれどころではなさそうだ。佐恵子は、唾を飲み込むと、抑揚を抑えて言葉を繋いだ。

「まさか、……その腕は、彼女？」

「ああ、そうだよ、彼女だ」

百瀬は、肩からようやく力を抜いた。手から、ぽろりと刃物が落ちる。と、同時に、転げ落ちるように、百瀬はその場に蹲った。

「百瀬様！」

佐恵子は、走り寄った。が、その手前で百瀬は制止した。

「ああ、いいんだ、いいんだ、僕は、大丈夫だ。……それより、彼女だ」

百瀬は、着ていたワインレッドのジレを脱ぐと、それで、足元に転がっている腕を覆い包んだ。

その背中が、激しく震えている。

どうしよう。

このまま、なにも見なかったことにして部屋を出てしまおうか。実際、佐恵子の足は、いつのまにか後ずさっていた。

が、佐恵子は、その足を前に進めると、言った。

「百瀬様、私に、できることはございますか？　なにかご用命はございますか？」

「ダメだ、君を巻き添えにはできない」

百瀬は言ったが、そんなことは口だけだろう。本心では、助けを求めている。でなければ、わざわざ外商を自宅まで呼びつけることはない。

佐恵子がこのマンションに来たのは、今日が初めてだった。秘密主義の百瀬は、滅多に他人を部屋に入れない。外商の佐恵子を呼びつけるときも、いつも、行きつけのホテルのラウンジだ。そして、三千五百円のカツカレーと千五百円のビールと二千円のシーザーサラダを必ず注文し、会計はこちらにもたせる。月一度の恒例だ。百瀬は、ベストセラー作家根性が、骨の髄まで染み込んでいる。編集者がさんざん甘やかした結果だろう、彼は、「支払う」という行為を完全に失念していた。それでも、一度名簿に載せたお客様を切ることはない。それが、外商の心得だ。だから、今日も、ここに来たのだ。お客様がお呼びなら、どんな用事も後回しにして駆けつけるのが、我々の仕事だ。

そう、これは仕事なのだ。

佐恵子は、気持ちを落ち着かせるために、三度、深呼吸を繰り返した。そして平常心を取り戻すために、部屋の様子を改めて観察した。

この部屋を購入したのは昭和四十八年、四十四年前だと聞いたけれど。

……の割には、物はあまりなかった。リビングには、六〇年代モダンスタイルのソファーとキャビネット、そして大型テレビ。その奥のダイニングキッチンには、ダイニングテーブルと椅子が二脚。キッチンには自炊の形跡はほとんどなく、やけに馬鹿でかい型の古い冷蔵庫が鎮座しているだけだ。

つまり、この部屋は、七〇年代で止まっていた。七〇年代には贅沢とモダンの極みだった代物も、今や、一部の物好きだけが喜ぶ中途半端なアンティーク。大型テレビですら、ブラウン管だ。もう、役には立っていないだろう。

そして、あの扉の向こうはベッドルームだろうか。細く開いた扉から、なにか白いものが見える。

まさか……。

4

「そうだ。あれは、彼女だ。彼女の胴体だ」

「あら、やだ、ちょっと、どういうこと？」

万両百貨店、従業員リフレッシュルーム。『ワクワクマネキン紹介所』の和久田は、身を乗り出した。首に下げた入館証が、大きく波打つ。

「ですから、橋爪さん、どうもお客さんと付き合っているみたいなんですよ」

そう言ったのは、町谷友加絵。和久田が経営するマネキン紹介所に所属しているマネキンだ。今年で三十三歳。〝木こり堂〟に派遣されて、四年。今では、店長よりも信頼されていると評判のベテランだ。

「お客さんと付き合っているって？」

和久田は、さらに身を乗り出した。

「詳しいことは分かりませんが、お相手は、なんか、文化人みたいですよ。外商が連れてきたお客様で、今、一緒に暮らしているらしいですよ。そう。同棲しているんです。だから、たぶん、そのお客様の部屋にいるんじゃないですか、橋爪さん」

「まあ、お客様とお付き合いすることを禁じているわけじゃないから、誰と暮らしていようと問題はないけれど」

「問題ありまくりです！……まったく、橋爪さんは、とんだトラブルメーカーですよ。ちょっと顔がいいからって、いろんな人に媚を売って。以前も、自分に気があると思い込んだ男性のお客様が橋爪さんにデートを申し込んで。橋爪さんが断ると、売場で暴れ出して。大変だったんですから」

「そんなことが、あったの？」

「それだけじゃありません。先日だって……。とにかく、毎日のように、いざこざが絶えないんです。そこにきて、今回の無断欠勤。橋爪さんには、もうやめてもらったほうがいいんじゃないですか？」

「でも、私の一存ではなんとも。〝木こり堂〟の店長さんからクレームが出ているわけでもないし」

「店長は、もう見切ってますよ、橋爪さんのことを。もうやめてほしいって」

「あら、そうなの？」

和久田は、乗り出した体を、そっと、椅子の背もたれに戻した。

〝木こり堂〟の店長は、橋爪さんのことをひどく買っていたはずだ。確かに、無断欠勤はよろしくないが、でも、それだけで解雇するとは思えない。実際、今日も電話があったが、それは、どうにか売場に戻ってきてほしいという懇願でもあった。なにか不満があるのなら改善するとも、店長は言っていた。

和久田は、大袈裟に腕を組むと、独り言のように吐き出した。

「でも、困ったわ。橋爪さんと連絡がつかないのよ。携帯電話の番号を変えちゃったらしくて。実家のお母さんに訊いても、教えてくれないのよ、警戒して」

「あ、私、分かりますよ、新しい番号」

「え、そうなの？」

「ええ、はい。着信履歴が……」

5

ああ。

歌穂は、ため息を漏らした。今度は、喜びのため息だ。

なんて、美味しいの、このクラブハウスサンド。

さすが、二千七百円だけのことはあるわ。パンの柔らかさも焼き具合も最高だし、その中身のローストチキンとベーコンと卵と野菜のハーモニーも、たまらない。なにより、この付け合わせの山盛りフレンチポテト。ファストフードのポテトなんて、比べものにならないわ。このほくほく感、このもっちり感、そして、このかりかり感。ほくほく、もちもち、かりかりのカーニバルやー。

コーヒーだって、負けてない。ああ、この渋み、このコク、この酸味。……美味しい。

でも。

約束の時間から、もう四十五分も過ぎた。どうして、先輩は来ないのかしら。遅刻するにしたって、どうして、連絡がないのかしら。

まさか、事故？　事件？

いやだ。どうしよう。

先輩、このまま来ないってことはないわよね？

来てくれないと、困るんですけれど。

クラブハウスサンドとコーヒーで、合計四千円。

そんなお金、ないんですけど。

いやだ、いやだ、ほんと、それは困る。

カードだって、限度額に達しているから、もう使えない。

ということは、私、無銭飲食しているってこと？

無銭飲食っていったら、……立派な犯罪じゃない。

逮捕されるってことよ。

やだ、どうしよう。

無銭飲食で逮捕なんて、シャレにならない。私の人生、四千円でぱーってこと？

やだ、やばい。

歌穂は、持っていたクラブハウスサンドを皿に戻すと、慌てて、バッグから携帯電話を取り出した。が、フレンチポテトの油でべとついていたせいか、携帯電話は、ぬるりと、手から滑り落ちた。

6

「あ」

大塚佐恵子は、思わず、声を上げた。腕が、ころころと転げ落ちる。

「なにをやっているんだ」

百瀬のくぐもった怒鳴り声が、リビングに響く。

「すみません」

佐恵子は、小さく応えると、腕をそっと拾い上げた。

百瀬のイライラは、もう限度を超えていた。怒鳴り声の間隔が、どんどん短くなっている。

しかし、佐恵子には、それは百瀬の慟哭にも思えた。あれほど愛した彼女を、自分の手でこんな形にしてしまった。その悲しみと贖罪（しょくざい）と後悔と。それを思うと、佐恵子もつい、声を上げたくなる。

ああ、こんなことになるのなら、あのとき、百瀬様の要望にお応えしないほうがよかった。

百瀬が、珍しく万両百貨店品川店に来店したのは、三ヶ月前のことだ。

この日、百瀬はすこぶる上機嫌で、店内をあれこれと見て回った。そして、夕食を買いたいからと、階下におりたときだった。

百瀬の足が、ぴたりと止まった。

後に、百瀬はそれを「恋だ」と言った。

「そう、僕は、ひと目で、あの子に恋をしてしまったのだ。一瞬で、これからの僕の人生をすべてこの恋に捧げてもいいと、そう思ったんだ。まさに、フォーリンラブだね。恥ずかしながら」

佐恵子は、応えた。

「私にできることは、ございますか？」

「この思いを、叶えてはもらえないだろうか？　まずは、あの子の名前が知りたい」

「ご用命とあらば」

そして、佐恵子は、マネキン事務所に連絡を入れると彼女の名前を早速確認した。

それから、百瀬の要望は次々とエスカレートしていった。そして、ついには、百瀬は彼女を自分のものとした。もちろん、そのセッティングをしたのは佐恵子だった。

「百瀬様のためと思い、やってきたけれど。これで、本当によかったのだろうか」

佐恵子は、喉の奥でそんなことを呟きながら、彼女の腕を切り刻んでいった。

隣では、百瀬が泣きながら、脚を切り刻んでいる。

切り刻むことを提案したのは、佐恵子だった。

「処理をするのなら、なるべく小さくしないといけません。都内では、一辺が三十センチ以上のものは粗大ゴミ扱いになるからです。ですから、通常のゴミとして処理するのなら、三十センチ以下にすべて、切り刻む必要があるのです」

百瀬はその提案に素直に従い、まずは、電気ノコギリを注文した。佐恵子はその注文に応え、早速デパートからノコギリ一式を取り寄せた。

あれから、五時間。百瀬は、怒鳴りながら、泣きながら、彼女を刻み続けている。その頬はごっそりと削げ、皮膚は血の気を失い、眼光だけが瀕死のハイエナのようにぎらついている。

「だめだ」

しかし、その顔の上で、ノコギリを持つ手が止まった。

「無理だ。この綺麗な顔を、切り刻むなんて、無理だ」百瀬は、胴体から切り離された彼女の顔を、その両の手で包み込んだ。「無理だ、これを刻むなんて、僕にはできない！」

「それでも、やっていただかなくては！」

佐恵子は、声を上げた。

「見てください、この部屋を。この惨状を。ここまで解体してしまったら、もう後には引けません。ここで弱気になってはいけないのです！」

客に、こんなふうに声を荒らげたことなどない。でも、今は非常事態なのだ。この作業をここでやめてしまったら、百瀬の負担ははかりしれない。とにかく、この場で、完了させなくては。

「百瀬様。とにかく、落ち着きましょう。そして、今一度、私の話を聞いてください」

佐恵子は、持っていた電気ノコギリをいったん床に置くと、ゴミ袋を手繰り寄せた。

床の上には、パンパンに膨れた三十リットルのゴミ袋が、三十一個。大きなゴミ袋だと目立つと思って、あえて小さめな袋を選んだ。

「ゴールは、もう間近です。このゴミ袋に詰め込めば、もう最後です」

「最後……」

「そうです。これで、もう終わりにできるんです。あとは、捨てるだけです」

「捨てる……」

「一度に捨てずに、できれば、日を分けて少しずつ捨てていただきたいのです。とりあえずは、今日は五つ、マンションのゴミ置き場に運んでしまいましょう。明日は、ちょうどゴミの日のようですから」

「残りは？」

「また、来週にでも」

「こんな状態のものを、それまでこの部屋に置いておけというのかい？」

「ご不便ですが、ぜひ、そうしてくださいませ。くれぐれも、公園とかコンビニのゴミ箱には投棄しないよう、ご注意くださいませ。外に投棄してしまいますと、不法投棄となり、面倒なことになります」

「……しかし」

「分かりました。なら、いくつか、私が持ち帰らせていただきます。私のほうで、投棄いたします。……ですから、今日は、すべて切り刻んでしまいましょう」

「顔も？」

「そう、お顔も」

「これは、このまま置いておくというのは？」

「それでも構いませんが。……百瀬様は、それでよろしいのですか？　彼女の思い出をすべて消し去ってしまいたい、でなければ狂ってしまう、……とおっしゃったのは、嘘でございますか？」

「いや、嘘ではない。僕は、本当に、心の底から、彼女から解放されたいと思っている。それには、自ら、粉々にしなくては。でなければ、僕の人生、本当に終わってしまう。僕は、出直したいんだ。もう、惨めな自分から卒業したいんだ」

「なら、やりましょう。お辛いでしょうが、彼女のお顔をおつぶしくださいませ。そのあと、刻みましょう。私も、お手伝いいたします」

「すまないね……」

「いいえ、とんでもございません。お客様の要望に応えるのが、私たちの仕事ですから」

「この恩は、必ず――」

7

「うそ、携帯、どうしちゃったの？」

落とした携帯電話を拾い上げた歌穂は、その異常にすぐに気がついた。

電源が入らない。

充電切れ？　それとも、落とした衝撃で壊れちゃった？

いずれにしても、先輩に、先輩に連絡を入れないと！

「それで、先生、お原稿なのですが――」

隣のテーブルでは、相変わらず、若い女性と初老の男性の会話が続いている。

先生？　原稿？……ああ、なるほど。小説家と担当編集者ね。それとも、漫画家かしら。

……ううん、やっぱり、小説家ね。男性の椅子の横に置いてある紙袋から、原稿用紙の束が見えている。

顔は見たことないけれど、売れている作家かしら。うん、たぶん、そこそこ売れているわね。いい時計、しているもの。その靴も、なかなかのものだ。それに、なんといっても、こんなお高いラウンジで打ち合わせしているんだもの、ある程度売れているはず。そのテーブルの上に並んでいる料理も、フルーツの盛り合わせに、フライの盛り合わせに、ピザ、そしてクラブハウスサンド。そして、ビール。ざっと見積もっても、お会計は二万円とちょっとね。

この人、もうどこかのデパートの顧客名簿に載っているのかしら。

「いやだ、私ったら」

歌穂は、思わず、顔を赤らめた。

外商部に来てまだ三年も経っていないのに、すっかり、染まってしまっている。ちょっとでも羽振りのよさそうな人を見ると、ついつい、値踏みをしてしまう。そして、年収まで予想してしまう癖がついてしまった。

我ながら、いやらしいわ。

頭を振ると、歌穂は、再び携帯電話に視線を落とした。

やっぱり、なにをどうやっても、電源が入らない。

どうしよう。

「えええええ、初版、そんなに少ないの？」

男の声で、歌穂の手からまたまた携帯電話がすり抜けた。

「七千部？　信じられないよ」

初版、七千部？　それだけ？　もしかして、あんまり売れていない作家さん？

「いえ、でも、先生。すぐに重版する予定でして……」

「そんなこと言ったって、前も、初版止まりだったじゃないか」

「あのときは、力が及ばなくて申し訳ありませんでした。でも、七千部でも、このご時世、かなり多いんです。先生のお名前である程度売れると見込んで、ようやく出した数字なんです。同時期に出版予定の本は、すべて初版四千部ですから」

四千部？……小説って、ほんと、売れてないのね。初版四千部って、いったい、どのぐらいの稼ぎになるのだろう？

「単行本価格、千五百円として。……七千部だと、百万円とちょっとか……。そこから源泉を引かれると、手取り百万切るじゃないか。僕、今年、この作品しか発表の予定ないから、今年の収入、百万円もないってことになるよ」

え、……なに、それ。年収が百万切るって、主婦のパート並みじゃない！

「以前は、作品を一本発表すれば、それで二、三年は遊んで暮らせたんだけどな。初版五万部で、重版が次から次へとかかったものさ」

ああ、やっぱり、かつては、売れっ子だった人なんだ。

そういえば、大塚さんが担当している顧客に、小説家がいた。かつての売れっ子。でも、今は。

「いやー、困ったな。部数、もう少し、なんとかならない？」

「申し訳ありません、これ以上は……」

「なら、連載。連載を請けてもいいよ？」

「先生は、書下ろしがポリシーなんでは？」

「今まではね。でも、もうそんなこと言っていられないよ。年収が百万円いかないなんて。

……それは、困るよ。うちの息子が、来年、私立中学を受験するんだよ。その準備で、すでに貯金も底が見えている状態なんだよ。今年は文庫本の重版もまったくかからなくてさ、これからも、かかりそうになくてさ。……今年は、マジでこの作品だけなんだよ。これだけなんだよ！」

「ええ、でも……」

「この作品、傑作だよ、絶対、ヒットするって。十万部は売れるって。だから、せめて、三万部」

「それは、絶対、無理です！」

「なら、来年もお宅で書くからさ、前借りさせてくれない？」

「それも……」

「なら、やっぱり、連載。連載をやるよ」

「いや、しかし、それは、私の一存では……文芸誌の編集部の担当に聞かないと……」

「ああ、なんてことだ！」

男が、舞台役者のように大袈裟に頭を抱え込む。

「僕は、息子に、才能に見合った学校に行ってほしいだけなんだ。なのに、僕は、息子のために、なにひとつ役に立てそうにない。年収百万円もいかない父親なんて、こんな情けないことがあるかい⁉」

男は、とうとう、泣き落としに出た。

「僕は死にたいよ、死んでしまいたい！　というか、死ぬ。餓死だ。貧困に負けて、僕は死ぬのだ！　僕は、社会に殺されるのだ！」

「それも、ひとつの手かもしれません」

それまで、おろおろと男の相手をしていた女性が、一転、冷たい口調で言った。

「死ぬのも、ある意味、いい手かもしれません。うまくいけば、先生の作品は、後世、打出の小槌になるかもしれません」

「え？」

「嵯峨山左近(さがやまさこん)というミステリー作家、ご存じですよね？」

「もちろんだよ。江戸川乱歩(えどがわらんぽ)そして横溝正史(よこみぞせいし)と並ぶ、伝説の大物ミステリー作家じゃないか。今でもその作品は映像化されて、作品も売れ続けている」

「そうです。でも、嵯峨山左近の作品は、生前は、ほとんど売れていませんでした。作品が売れはじめたのは、死後です。その謎めいた死がロングセラーのきっかけとなったのです。嵯峨山左近の文庫は、今でも、毎年合計五万部は刷られています。そして、死後十年、二十年と、きりのいい年に必ずブームが再燃します。そのときは、三十万部から五十万部は刷られます。もちろん、仕掛けているのは出版社ですが。……聞いた話だと、近々、嵯峨山左近の作品がハリウッドで映画化されるとか。ハリウッドですからね、その契約金はすごいですよ。もちろん、原作本も大量に刷られるでしょう。いずれにしても、嵯峨山左近のご遺族は、その印税で優雅に暮らしていると聞きます」

「……で、僕にも死ねと？」

「いやだ、先生、それは、冗談ですよ、冗談」女性は、けらけらと笑い出した。そして、姿勢を正すと、言った。「……分かりました。連載の件、話を進めてみますね。そして、前借りの件も……」

まったく。なんて甘いのかしら。なんだかんだいって、出版社、結構、お金を貯め込んでいるんじゃない。やだやだ、こういう昭和的なザル仕事、私、大嫌い。こういう甘えがまかり通るから、私たち世代が苦労しているんじゃない。そうよ。おっさん世代ばかり、いい思いしてさ。それでなくても、いい思いを散々してきたくせに。おっさんもおっさんだけど、甘やかすほうがもっと嫌い。もっと、ビジネスライクに徹すればいいのに。

「ビジネスというのは、要するに、人と人のつながりなのよ。目先の売り上げよりも、〝きめ細かいお付き合い〟が大切なの」

大塚さんの口癖だ。大塚さんは、確かにトップセールスウーマン。尊敬はしているが、でも、時々、ついていけないところがある。そういえば、大塚さんも、売れる見込みのない客に、どういうわけか尽くしている。たとえば、百瀬ナントカという売れない小説家。大塚さんがどんなに尽くしても、あの人からは絶対、売り上げは見込めないのに。外商部の同僚が言っていた。「百瀬先生は、売れないんじゃなくて、もう、書けないんだよ。もっとも、書いたとしても、売れないだろうけど」と。なのに、大塚さんは、百瀬ナントカが呼び出せば、必ず、はせ参じる。いったい、どういうつもりなんだろう？　ただの自己満足？　売り上げとは関係ないところで頑張っている自分に酔っているとか？　馬鹿馬鹿しい。ボランティアじゃないんだから。

あ、電源、入った！

歌穂は、拾い上げた携帯を握りしめた。

8

「ね、ちょっと、待って。……橋爪さんから着信履歴って。……それ、いつのこと？　いつ、橋爪さんから連絡があったの？」

万両百貨店、従業員リフレッシュルーム。和久田の問いに、町谷友加絵の下瞼（したまぶた）が、一瞬、ぴくりと痙攣した。

「橋爪さんが携帯の番号を変えたのって、昨日のことよ？　彼女のお母さんが言っていたもの」

「ええ、まあ……」

友加絵の額に、小さな虫のような汗がびっしりと浮かび上がる。

「ね、町谷さん。あなた、もしかして、橋爪さんから連絡を受けているんじゃない？」

「……え、いえ、……というか」

「やっぱり、橋爪さんから連絡あったのね。お休みするっていう連絡が。なのに、あなたはそれを握りつぶして無断欠勤にしてしまった。違う？」

和久田の推理は、どうやら的中したようだった。友加絵の唇が、激しく震えはじめた。脇汗で、袖もびっしょり濡れている。

「ね、どうなの？」

和久田が語気を強めると、友加絵はあっさりと白状した。

「だって、だって、あの子、いっつも、突発的にお休みして。その連絡を私にしてくるものですから、私が、毎回、店長に嫌味を言われるんです。なのに、店長ったら、あの子にはなにも言わないんです。なんで、休んでもない私が嫌味言われて、休んだ本人が、なにも言われないんですか？　こんな不公平、ありますか？　だから、だから、私……」

　なんて、バカな子。すぐにバレる嘘をついて。でも、こんなバカなことをさせた遠因は、自分にもある。本来、突発的に仕事を休むときは、紹介所と店舗の責任者に連絡を入れることになっている。しかし、最近ではこのルールはほとんど守られていない。職場の同僚に電話して、済ませてしまうケースが多い。それを黙認していた自分も悪いのだ。だから、町谷友加絵を一方的に責めるわけにもいかない。

　和久田は、肩の力を抜くと、言った。

「分かった。その件に関しては不問に付すわ。で、他の件はどうなの？　橋爪さんが文化人と同棲しているとかどうとか」

「それは、本当です！」

　冤罪を訴える被告人のように、友加絵は眉を吊り上げた。

「橋爪さん、今頃、その男と一緒にいると思います！　だって、一緒に暮らしているって、本人から聞きましたもの！　疑うなら、電話してみてください。番号は、これです！」

　友加絵は、眉毛を吊り上げたまま、鼻息も荒く、携帯電話のディスプレイをこちらに向けた。

　友加絵の圧に押される形で、和久田は、携帯電話の番号ボタンを押していった。

9

しかし、電話は繋がらなかった。

森本歌穂は、涙声で、呟いた。

「どうして？　どうして繋がらないの？」

中年のウエイターが、これ見よがしに、グラスにお冷を注ぎ入れる。

このウエイターは、たぶん、もう気づいているのだ。私が、お金を持っていないことを。無銭飲食しようとしていることを。だから、頻繁に、こちらに視線を送ってくるのだ。

違う、違う、私は、そんな犯罪者じゃありません！　待ち合わせの相手が来れば、すべて解決することなんです。相手が、遅れているだけなんです！

歌穂は、ウエイターと視線が合うたびに、そう心の中で叫んだ。

とにかく、先輩をつかまえなくちゃ。

歌穂は、再び携帯を握りしめると、番号ボタンに指を置いた。と、そのとき、着信音が鳴った。

「あ、大塚さん！」

森本歌穂は、すがるように、携帯電話を耳に押し当てた。

「大塚さん、今、どこにいるんですか？　助けてください！」

＋

「大塚さん、これは、いったい……」

その部屋に足を踏み入れた歌穂は、その異様な光景に、息を呑んだ。

「あ、森本さん、悪いわね、お休みのところ」

なのに、大塚さんは、いつもの調子で言った。

「で、どうだった？　支払いは、うまくいった？」

質問されても、言葉が出ない。頷くのがやっとだ。

「あのホテルは万両百貨店の系列だから、役員クラスの名前を言えばツケがきくのよ」

それを電話で聞いたとき、まさかと思った。が、試しにウエイターを呼びつけて、大塚さんが教えてくれた役員の名前を言ってみた。すると、ウエイターの態度が一変した。土下座でもするのかという勢いで、お辞儀をされた。そして会計などせずに、ハイヤーまで呼んでくれた。料金は、もちろん、ホテルもちだ。

「この方法は、あくまで緊急時の措置よ。普段は、使ってはダメよ」

そんなこと、分かっている。そんなことより、今は、この部屋の、この有様だ。

大塚さんに言われて、南青山シャトーマンションの三〇二号室に来てみたが。

大小の電気ノコギリが合計四個。そして、ゴミ袋が一、二、三……三十二個。その中身は……。

ひっ。指、あのうっすら見えるものは、指……⁉

「安心して。あれは、マネキンだから」

「マネキン……？」

「そう、マネキン人形」

「へ？」

「正式名は、エリカ三号。三ヶ月前に売場に導入されたばかりの、最新の木製マネキン人形。これを、お客様が気に入られて。特別に、譲ってもらったのよ」

「お客様って、……この部屋の住人ですか？」

「そう。百瀬様。今、シャワーを浴びていらっしゃるわ。なにしろ、午前中からずっと、電気ノコギリでマネキン人形を刻み続けていたから、切り屑だらけなのよ」

「は……」

「それでね、あなたを呼んだのは、このゴミ袋、五個ほど持ち帰ってほしいのよ。そして、あなたの地元で、不燃物のゴミとして投棄してほしいのよ。キャリーバッグは用意してあるから、それで運んでもらえるかしら？」

「え？　こんなの、投棄して大丈夫なんですか？」

「すべて、一辺が三十センチ以下になるように切断したから、たぶん、大丈夫。違法ではないわ」

「でも、なんで、処分することになったんですか？」

「百瀬様が、……なんというか、本気でマネキンに恋をしてしまって。このままでは生活に支障を来すから、思いきって処分したいって」

「は……。マネキンに……恋……ですか」なにやら、ややこしい話になってきた。これは、あまり深くつっこまないほうがいいだろう。歌穂は、話を変えた。「なら、マネキン業者に引き取ってもらえばいいのに。なにも、こんな面倒な方法で処分しなくても」

「本当よね。でも、それが、恋ってもんなのよ。たぶん」

「は……」

「あまりに愛しすぎて、自分で粉々にしたかったんでしょうね」

「は……」

恋の難解さに途方に暮れていると、奥から、バスローブを着た男性がやってきた。

百瀬洋造だった。

「大塚くん、今日は本当に悪かったね。こんな面倒を手伝わせてしまって」

「いえ、とんでもない」

「おかげで、すっきりしたよ。真っ黒いもやもやが、すべて晴れた。さっきまでの自分がまるで嘘のようだ。僕は、なにか悪い夢を見ていたんだね。僕の目を覚まさせてくれて、本当に感謝しているよ」

「お役に立てて、なによりです」

「今日のお礼というのも、なんだが。この部屋のリフォームをお願いしたい。家具と家電も全部取り替えたい。予算は、五千万円だ」

五千万円！　歌穂は、思わず、声を上げた。なんで、この人が五千万円も出せるの？　この売れない作家が？

「僕の父の小説が、ハリウッドで映画化が決まってね。その契約金が、結構な額なんだ。原作本も三十万部刷ることになった」

ハリウッドで、映画化？……これ、最近、どこかで聞いたような……。あ。嵯峨山左近。

嘘、もしかして、この人、嵯峨山左近の遺族？

「僕は、婚外子だったから、随分と、父親である嵯峨山左近を恨んだりしたものさ。でも、今となっては、父に感謝しなくてはならない。恥ずかしながら、僕が今までなんとか生きてこれたのも、父の遺産のおかげだからね。しかも、遺族は僕ひとり。父の財産を独り占めだ。情けないことだが、僕はこれからも、こうやって父の遺産を頼って生きるしかないんだな……」

＋

「さすがです」

ゴミ袋を詰め込んだキャリーバッグを引きずりながら、歌穂は、素直に賛辞の言葉を送った。「なるほど。これが、〝きめ細かいお付き合い〟の結果なんですね。いやー、つくづく、お見事です」

「それは、そうと。森本さんは、今日は、どうしてあのラウンジに？」

大塚さんの問いに、歌穂は足を止めた。

「先輩と待ち合わせしていたんです。でも、先輩、なかなか来なくて。連絡もとれなくて」

「先輩って？」

「〝木こり堂〟のマネキンさんで、橋爪知美（ともみ）さんっていう人なんですけれど」

「ああ、橋爪知美さん」

「ご存じですか？」

「もちろんよ。〝木こり堂〟の看板娘でしょう？　ナイスバディーの。……で？　彼女がなんで先輩なの？」

「橋爪さんと私、学生時代に、同じところでアルバイトしていたことがあるんですよ」

「もしかして、例のアレ？」

「そう、例のアレです。そのバイト先で、橋爪さんが先輩だったんです。でも、まさか、万両百貨店で再会するなんて思ってもみませんでした。……それにしても、先輩、どうしたんだろう。携帯に電話しても、繋がらないんですよ？　この番号は使われていませんって。あちらから、連絡もないし」

本当に、どうしたのだろう？　大事な話があるって言っていたけれど、それも気になる。

先輩は、私に何を話したかったのだろうか？

「それは、心配ね」

大塚さんが、眉を寄せながら重々しく言った。

そんなふうに言われると、ますます気になってしまう。

歌穂は、携帯電話を取り出すと、改めてその名前を表示させた。

最終話　コドク

1

「もう、先輩ったら、いったいどうしたんですかぁ！」

森本歌穂は、その姿を見ると、ひときわ声を上げた。が、自分がいる場所を思い出して、はっと、声を潜めた。「もう、先輩ったら、さっきは、いったいどうしたんですか？」

紀尾井町。老舗ホテルのラウンジ。

ようやく連絡が取れた橋爪知美に、再び、ここに呼び出された。

「ごめーん、ほんと、ごめんね」

そんなふうに可愛らしく謝られると、もうなにも言えなくなる。

橋爪知美先輩は、同性の自分から見ても魅力的だ。ただ美人なだけではない。なんとも言えない色気と愛嬌がある。そして、相手に有無を言わせないオーラも。これだけの容姿と資質を兼ね備えているのだ、女優にでもタレントにでもなれるはずなのに。……なんで、デパートのマネキンなんてしているのだろうか？　しかも、非正規の派遣。

同じような疑問を、かつての職場でも持った。

なんで、この人、風俗嬢なんてしているんだろう？

そのときは、その疑問をそのままぶつけてみた。すると、先輩からはこんな答えが返ってきた。

「私、面倒なことが嫌いなのよ。芸能界とかって、いろいろと面倒じゃない？　人間関係とかさ、上下関係とかさ。その点、この仕事は、刹那的でしょ。過去も未来もない。今という時間、お客様に喜んでいただければお金がもらえる。こんなに楽な仕事もないよ」

先輩の言っている意味が、よく分からなかった。というのも、その職場でも、他と同じように人間関係もあれば上下関係もあった。そして、熾烈(しれつ)なノルマ競争も。お客とのトラブルも多く、こんなアルバイトに飛び込まざるをえなかった自分を歌穂は大いに呪ったものだ。

一方、先輩はいつでも楽しそうだった。遊び半分だった。そのせいか遅刻も欠勤も多かった。なのに、売り上げは常にトップ。……だから、同僚から妬まれることも多かった。数々の嫌がらせも受けていた。呪いの藁人形がロッカーから出てきたこともあった。端から見れば、えげつない面倒に囲まれていたのに、それに気づいていないのは本人ばかり。

それでも、お客の執拗なストーキング行為に直面したときは、さすがの先輩もビビったようだ。それがきっかけで、その職場も辞めた。

その後、まさか、万両百貨店で再会するとは思ってもいなかった。

先輩と目があったとき、歌穂は思わず目を背けた。が、先輩は屈託のない笑顔で話しかけてきたのだった。その笑顔を無視するなんて到底できなかった。

だって、先輩は、相変わらず綺麗だった。綺麗な人には、昔から弱い、それが男であろうと女であろうと。

それ以来、時間が合えば一緒にランチしたり、休日が重なればお茶をするような仲が続いている。

「歌穂ちゃんはさ、私のこと、嫌いじゃないの？」

いつだったか、橋爪先輩がそんなことを訊いてきた。さすがの先輩も、同性から妬まれがちな自分の立場にようやく気がついたようだった。

「嫌いじゃないですよ。っていうか、私は大好きです、先輩のこと。だって、裏表がないから」

「裏表がないか。……でも、それって、欠点でもあるよね」

「え？」

「本音と建前。それを使い分けないと、この世の中、色々と面倒じゃない？」

なにか、あったのだろうか？　そういえば、現在派遣されている〝木こり堂〟で、ちょっとしたイジメにあっているという噂を聞いた。メーカーの出向社員である男性店長があからさまに橋爪先輩を贔屓（ひいき）するものだから、他のスタッフたちから総スカンを食らっているとか。

そんなときだった。「ね、相談があるんだけど。今度、お休み、いつ？」と、先輩から連絡がきた。一昨日のことだ。お休みは今日だと答えると、「うん、分かった。じゃ、私もお休みをとるから、会おう。紀尾井町のOホテルのラウンジでいい？」

が、その指定の時間に、先輩は現れなかった。そのせいで危うく無銭飲食しそうになったが、大塚さんのおかげですんでのところで助かった。……その代わりに、なんとも面倒な代物を押し付けられたのだが。歌穂は、テーブルの横に置いたキャリーバッグをちらりと見やった。

「それ、なに？」

橋爪先輩がすかさず、キャリーバッグを見つけた。

「ああ、……ちょっと仕事で頼まれごとが」

「お休みなのに、仕事？」

「ええ、まあ、……はい」

「外商って大変だよね」

「でも、最近では、やりがいも感じてきているんです」

「そういえば、彼が言ってた。外商って、〝コドク〟だなって」

「コドク?……まあ、そうですね、孤独っちゃ、孤独ですね」

橋爪先輩が、なにやら意味ありげに笑う。そして、

「ね、そういえばさ。歌穂ちゃん、前のアルバイト先で私に訊いたことあるよね? 『なんで、こんなところで働いているんですか?』って」

「え?」どうして、今になって、そんなことを?「ええ、はい、訊きました」

「あのとき、私、なんて答えた?」

「え?……この仕事は、刹那的でしょ。過去も未来もない。今という時間、お客様に喜んでいただければお金がもらえる。こんなに楽な仕事もないよ……とかなんとか」

「ああ、そう。私、そんなことを言った?」

「はい。詳細は違うかもしれませんが、だいたい、そんなことを」

「そのとき、私も訊いたよね? 歌穂ちゃんは、なぜ、ここで働いているのって」

「はい、訊かれました。だから、答えました。借金を返済するためです……って」

「そうそう。確か、歌穂ちゃん、ヤミ金に手を出しちゃったんだよね。……アメリカに短期留学するために」

「短期留学っていうの、あれ、嘘なんです」

「え？　そうなの？」

「実は、後先考えずに、浪費しちゃって。授業料にまで手を出しちゃったから、それで軽い気持ちで、ヤミ金に手を出しちゃったんです。……私、小さい頃から金銭感覚がちょっとおかしくて。今日もお財布の中身、二千円とちょっとなんです。これが全財産。ここ数日、なんだかんだと浪費してしまって。一昨日は服を買って、昨日は靴を買って、その前は……。計画的にお金を使うことがどうしてもできないんですよ」

「それで、よく外商が務まるね」

「ほんと、自分でも不思議です。人様のお金なら、きっちりと計算することができるんですが、どうしても、自分のこととなると……。でも、今は前よりひどくないですけどね。なにしろ、マイナスではないんで。給料日の前に、お財布が少し寂しくなるだけで」

「そういうところ、彼と似てる」

「……あの、さっきから『彼、彼』って。誰のことです？」

が、先輩は答えない。……というか、さっきからずっと、立ちっぱなしだ。ウエイターも、なんだか変な目でこちらを見ている。……なんで座らないんだろう？

「先輩。座ったらどうですか？」

先輩の顔が、悲しげに歪む。

「先輩？　どうしたんですか、先輩？……顔色がよくないですよ？　真っ青ですよ？　先輩？　先輩！」

＋

……森本さん、森本さん！

え？　名前を呼ばれた気がして、歌穂は勢いをつけて顔を上げた。

「森本さん、ごめんなさーい、お待たせしちゃって！」

歌穂の視界に飛び込んできたのは、むきむきの筋肉を見せびらかすような薄手のTシャツにピッチピチのヒョウ柄パンツ。……『ワクワクマネキン紹介所』の和久田所長だった。頭に巻いたトレードマークのバンダナが、いつにも増して派手なピンク色で目に痛い。

「えーと」

歌穂は、ピンク色のバンダナを見つめながら、すばやく頭の中を整理した。

　ああ、そうだった。家に帰ろうと駅に向かっているとき、和久田所長から電話があったんだった。橋爪知美がどこにいるか知らないか？……と。新しい番号に電話をしても繋がらない。心配でたまらない……と。それで、今日の経緯を説明した。ホテルのラウンジで待ち合わせしていたがすっぽかされたことを。すると、和久田所長は言った。「やっぱり、橋爪さん、あのラウンジにいたのね！」

　やっぱり……って？　そう質問する前に、

「ね、悪いんだけど、今から会えないかしら？」

と、和久田所長に言われたのだった。

　疲れていた。もう帰りたかった。でも、先輩のことも気になった。もしかしたら、今頃あのラウンジで私を待っているかも。……そんなことはあるはずないとは分かっていても、先輩の消息を知る手がかりが、あのラウンジに隠されているかもしれないとも思った。だから、自ら提案したのだった。

「だったら、あのラウンジでお会いしましょう」

　……そうだ。だから、自分は再び、ここに来たのだった。和久田所長と会うために。

　……だったら、さっきのは夢？　先輩とここで話していたのは、夢？

「お疲れね、森本さん」

和久田所長は、椅子に座るなり、言った。

「疲れているように見えますかぁ？」

歌穂は、いつもの作り笑顔で答えた。

「うん。だって、なんだか船を漕いでいたもの」

「いやだぁ、私、眠ってましたぁ？　恥ずかしいぃ」

本当に恥ずかしかった。こんな高級なホテルのラウンジで、居眠りなんて。

「ね、ところで、それはなに？」

和久田所長が、テーブルの横に置いたキャリーバッグを視線で指す。

「ああ、……ちょっと仕事で頼まれごとが」

「お休みなのに、仕事？」

「ええ、まあ、……はい」

「外商って大変ね」

「でも、最近では、やりがいも感じてきているんです」

「そういえば、誰かが言ってたわ。外商って、〝コドク〟だなって」

……あれ？　このやりとり、デジャヴュ？

いや、違う。さっき見ていた短い夢の中で出てきた会話だ。

それにしても、さっきの夢、生々しかった。本当にすぐそこに先輩がいるようだった。

「ほんと、橋爪さんたら、どこに行っちゃったのかしら」

スマートフォンをいじりながら、和久田所長。「このラウンジに行こうとはしていたみたいだけど」

「え？」

「だって、ほら、そう書いてあるでしょう？」

そして、和久田所長はタブレットをこちらに向けた。それは、橋爪先輩のブログだった。にっこりと笑うそのアイコンは、間違いなく橋爪先輩だ。

「先輩、ブログなんかしてたんだ」

「え？　先輩って？」

そのことを話すと長くなる。それに、秘密にしておきたい。

「いいえ、なんでもありません。……っていうか、橋爪さんがブログをしていたなんて、知りませんでした」

「といっても、特定の人にしか公開していない鍵付きだけど」

その鍵をもらえなかったことに、ちょっとショックを受ける。親しい間柄だと思っていたのはこっちだけで、先輩にとってはそれほどの関係ではなかったということか。……っていうか、それなら、なぜ、和久田所長がその鍵を持っているのか。

「もちろん、私だって、ブログのことなんか知らなかったわ。今回、検索して、ようやくたどり着いただけよ。でも鍵付き。仕方ないから、パスワードを破って侵入——」

「え？　侵入？」

「……スタッフの一人に、こういうのが得意な人がいてね。……つまり、SNSの覗き見よ。鍵付きのSNSを見つけちゃ、パスワードを盗んで不法侵入している不届きものなんだけどね」

……それって、もしかして、和久田所長本人なんじゃないか？

「で、今回は緊急事態ってことで、橋爪さんのブログにこっそり侵入してもらったというわけ。おかげで、いろんなことが分かったわ。今日、お昼に、あなたとこのラウンジで会う約束をしていたこととかね」

「そんなことが書かれていたんですかぁ」

「そう。日記のように、毎日の出来事や予定が書き込まれていたわ」

「毎日の出来事？」

「そう。でね。そのブログから分かったことなんだけど、彼女、ある男性と一緒に暮らしているみたいなの」

「え？　同棲していたんですか？　でも、先輩……橋爪さん、自分の部屋がありますよ？」

「だから、半同棲っていうの？　男性の家に通っていたみたい」

「そうだったんですか。全然知りませんでした。……じゃ、もしかして、今頃、橋爪さんは相手の家に？」

「たぶん。思うに、その男性となにかトラブルになって、それで連絡がつかないんじゃないかと」

「トラブル？」

「たとえば、ＤＶとか、監禁とか」

「ＤＶ？　監禁？」あ、そういえば。いつだったか、一緒にランチをとっていたとき、先輩の腕に痣を見つけた。先輩は、テーブルにぶつけただけだと言い訳していたが。もしかして、その相手が？

……なにか、嫌な予感がする。歌穂は、身を乗り出した。

「で、相手って誰なんですか？」

「残念ながら、その相手が誰なのか、ブログからは分からなかった」

「そうですか……。橋爪さん、ああ見えて、そういうところは慎重だから」

「っていうか、森本さん、あなた、知らない？」

「知りませんよ！　橋爪さんがブログをしていたことだって、今知ったぐらいですから！」

「でも、友達なんでしょう？　だから、今日も会う約束を」

「ええ、そうなんですけど」

「で、今日はなんで、会う約束を？」

「橋爪さんに、誘われたんです。話したいことがあるからって」

「もしかしたら、その相手のことを相談したかったのかもね。ブログでは、なんか別れたがっていたもの。……束縛が激しくて耐えられない……って」

「そんな。私に相談されても、なにもできないのに……」

「いや、でも、ブログには書いてあったわ。外商の森本さんなら、なんとかしてくれるかも……って。ほら」

言いながら、和久田所長が、再び、タブレットを歌穂に向けた。

――歌穂ちゃんなら、もしかしたらなんとかしてくれるかもしれない。だって、彼が言っていた。外商は〝蠱毒〟だから、なんでもしてくれるんだ……って。

「……これ、なんて読むんです？」

歌穂は、〝蠱毒〟という文字に指を置いた。

2

「大塚君、君は、本当に〝コドク〟だな」

南青山シャトーマンション三〇二号室。百瀬洋造が、放心状態で呟いた。マネキンを解体するという大作業の疲労が、まだ残っているようだった。

「〝孤独〟とは？」

コーヒーを淹れながら、大塚佐恵子は応えた。

「確かに、私は独り身。孤独ではございますが、寂しくはございません」

「いや、違うよ。〝蠱毒〟のほうだ。呪術の、〝蠱毒〟」

「ああ、そちらのほうですか」

「そう。憎い相手や政敵を呪い殺し、ときには相手から富を奪い取るために作られた、呪いの〝蠱(むし)〟だ」

「…………」

「父は、生前、この〝蠱毒〟に夢中なってしまってね。虫や動物を嬲(なぶ)り殺しては、〝蠱〟を作っていたそうだよ。そう、父は、〝蠱〟を作る、〝蠱師〟だったんだ」

「聞いたことがございます。毒虫や毒ヘビ、そして爬虫類や小動物などを小さな容器に入れて共食いさせる。その中で残った一匹を〝蠱〟とし、その怨念を操って人を殺したり、富を奪ったりするんですよね？」

「ああ。でも、父は結局、生きているうちには名誉も富も手に入れることはできずに、逆に自分で作った〝蠱毒〟にあたって死んでしまった。その最期は悲惨だったよ。身体中に得体の知れないコブができ、痛い痛いと呻きながら死んでいったそうだ」

「ですが、お父上は死後、大変な名誉と名声を得ることに成功しました」

「ああ、そのおかげで、僕はこうして働かずとも生活することができている。が、父にしてみれば、とんだ計算違いだったろうね。産ませたことも忘れていたような妾腹の子供が、自分の財産を食いつぶすことになるなんてね。いずれにしても、僕はラッキーだった」

佐恵子は、ここでふと、手を止めた。

——百瀬様、その〝ラッキー〟は、あなた自身が計画したことではございませんか？……あなた様の小説は、全部読んできました。その中で、自分たち母子をほったらかしにする父親を憎む少年の話がございました。少年は、捨て猫を拾ってきては育てる心優しい人間でしたが、父親に捨てられた怨念を拭い去ることができずに、可愛がってきた猫たちを狭い箱の中に入れ、放置。生き残った一匹を〝蠱〟にし、それを使役して父親に復讐、その財産まで奪う……というファンタジー小説です。この小説に出てくる少年は、百瀬様、あなたご自身では？

ここまで考えて、大塚佐恵子は身震いした。そう、あのファタジー小説は百瀬自身の話に相違ない。百瀬自身が、〝蠱毒〟を操る〝蠱師〟なのだ。

そんな百瀬が、私のことを〝蠱毒〟だという。

どういうことだろうか？

「ところで、なぜ、私が〝蠱毒〟なんでしょうか？」

佐恵子は、淹れたばかりのコーヒーを差し出しながら、訊いた。

「君だけじゃないよ。外商というのは、お客様という〝蠱師〟に使役させられる〝蠱毒〟だな……って。お客様のためならなんでもする。それがどんな無茶ぶりでも、『できない』『無理です』とは言わない。……これは、ある意味、〝蠱毒〟だな……と、思ったんだ」

「左様でございますか。おっしゃる通り、確かに、似ていますね。ですが、外商には限界がございます。まず、いくらお客様のご依頼だとしても、人は殺しません。そして、人から富を奪うこともございません」

「そうかい？」

百瀬洋造が、意味ありげに笑う。

「でも、今日、君はいい仕事をしてくれたじゃないか」

「え？」

「あれをバラバラにしてくれた。そして、処分してくれた」

「バラバラにして処分するのは、〝殺人〟ではございませんので」

「なるほど」

「それにしても――」

佐恵子は、隣の部屋を見やった。

「まずは、あの部屋を掃除いたしませんと」

「どうするの？　相当汚れてしまったよ。なにしろ、あれを解体した部屋だからね」

「大丈夫です。特殊清掃会社をご紹介します。どんな事故現場でも跡形なく綺麗にする優秀な集団です」

「そんなところに依頼して、バレないか？」

「ご安心ください。守秘義務が徹底されている業者なので、秘密がバレることはございません」

「君は、本当に頼もしいね」

「ですが、これだけはお約束ください。このようなご依頼は、これを最後にしてください」

「ああ、分かっているよ。こんなこと、僕だって二度としたくないよ。……殺人なんて、二度とね。今回だって、本当はしたくなかったんだ。でも、あの子が。……知美が別れるなんて言うから、僕を捨てるなんて言うから――」

佐恵子は、さめざめと泣く百瀬洋造を見つめながら、肩を竦めた。

本当に、手の焼ける顧客だ。


「殺してしまった。あの子を殺してしまった」と電話があったのが今日の早朝。話を聞くと、半同棲している恋人と口喧嘩になり、衝動的に殺害してしまったらしい。だからどうにかしてくれないか？　という依頼だった。「できない」「無理です」と言えば簡単だったが、それは外商のプライドが許せなかった。早速、その隠蔽（いんぺい）にとりかかった。まず、百貨店の倉庫に眠る木製のマネキン人形を運び出し、百瀬のマンションに運び込んだ。それを解体する一方で、死体をバラバラにした。

死体の名前は、橋爪知美。三ヶ月前だったか、百瀬が珍しく万両百貨店にやってきたことがあった。そのときに見初めた派遣マネキンだ。「紹介してくれ」としつこく言われ、仲立ちしたのだが。まさか、こんなに早くこんな形で破局しようとは。

「それにしても、なんで、マネキン人形まで解体しなくてはならないんだ?」マネキン人形を三十センチ角にカットしながらそんなことを訊く百瀬に、大塚佐恵子はこう答えた。

「マネキン人形に紛れ込ませて、切断した死体もゴミ袋に入れて処分します。なので、マネキン人形のほうを少し大きくカットしてください。マネキン人形だと分かる程度に。そうすれば、万が一、ゴミ袋の中を覗き込まれたとき、『あー、なんだ、マネキンか! びっくりした』と、覗き込んだ人は安心し、それ以上は詮索しないでしょうから」

「なるほど。カムフラージュというわけか」

「ゴミ袋は、臭いが漏れない防臭袋を用意いたしました。念のため、脱臭剤もご用意しましたので、それも一緒に詰め込んでおきます。いずれにしても、こういうものは、しれっと一般ゴミとして処分するのが一番なのです。下手に色々と工作するほうが、バレやすいんです」

「なるほど。でも、これだけのゴミ袋、捨てるのは大変だよ」

「もちろん、私もお手伝いいたします。今から部下を呼びますんで、その子にも手伝わせます」

「他人を巻き込むの? 大丈夫?」

「事情をまったく知らない他人を巻き込んだほうが、うまくいくんです、こういうことは」

そうして、佐恵子は、森本歌穂を呼びつけたのだった。

3

紀尾井町。老舗ホテルのラウンジ。

——歌穂ちゃんなら、もしかしたらなんとかしてくれるかもしれない。だって、彼が言っていた。外商は〝蠱毒〟だから、なんでもしてくれるんだ……って。

「〝コドク〟って読むんだ、これ」

歌穂は、橋爪知美のブログを読みながら、ふと思った。「あ、そういえば」

そして、目の前に座る和久田所長に視線を送った。

「さっき、おっしゃいましたよね？　外商は〝コドク〟だと、誰かが言っていたって。それって、誰のことです？」

「えっと。……誰だったかしら？　えっと」

便秘に苦しむ人のようにしばらくうなり続けたあと、和久田所長が、はっと顔を上げた。

「そうよ。それ、小説の一節よ。百瀬洋造が書いた小説。百瀬洋造、今は忘れられちゃったけど、昔は大ベストセラー作家で――」

「知ってます。百瀬洋造。さっきまでお宅にお邪魔してました」

「あら、そうなの？」

「……ということは、先輩……橋爪さんは、百瀬洋造の小説を読んでたのかもしれませんね」

「そう？　でも、このブログには〝彼〟って。……恋人のことなんじゃないの？」

「橋爪さん、そういうところがあるんです。面識もないような人にまで馴れ馴れしい物言いをするというか。だから、色々とトラブルを引き寄せちゃうんです」

「……そう？」

「いずれにしても、もうこんな時間」

歌穂は、腕時計を見た。午後十時を過ぎようとしている。

「橋爪さん、きっと、明日にはなんでもないような顔で出勤してくるんじゃないでしょうか？　なんだか、だんだん、そう思えてきました」

「……そうかしら？」

「私、もう帰らないと、明日、朝一でしなくちゃいけないことがあるんです」言いながら、歌穂はキャリーバッグを引き寄せた。

「ね、ちょっと待って」

「え？」

「あなた、百瀬洋造のところに行ってたの？　なんで？」

「大塚さんに呼び出されたんです」

「大塚佐恵子さん？」

「はい」

「ああ、なるほど」

「え？」

「聞いたことがあるわ。百瀬洋造って大塚さんの初めての顧客で、かつ、恋人だったんですって！」

「え、そうなんですかぁ！」

あの大塚さんに恋人が！　男の影なんて一度も感じたことがないあの大塚さんに恋人が！てっきり、外商という職業と結婚しているんだと思っていたあの大塚さんに恋人が！

気になる、もっと話を聞きたい。でも、さすがにもうこれ以上は長居できない。明日がある。朝一番で、これを捨てなくちゃ。歌穂は、さらにキャリーバッグを引き寄せた。

「その話、今度、ゆっくり聞かせてくださいね！」

そして歌穂は、名残惜しそうに椅子から身を剝がした。

4

「でも、本当にうまくいくんだろうか？　バレやしないだろうか？」

南青山シャトーマンション三〇二号室。百瀬洋造が、ぐだぐだと煩い。

「大丈夫でございますよ、大丈夫」

大塚佐恵子は、その震える肩にそっと手を置いた。

……本当に手がかかる。それでも、どうしても見限ることができない。なにしろ、百瀬洋造は、私の初めてのお客様。……そして、私の初めての男。我ながら、なんて未練タラタラなのかと思う。でも、どうしてもこの人だけは見限れない。……彼が言うように、私は本当に〝蠱〟なのかもしれない。そして、一生、彼に使役させられる。……でも、それも悪くはない。なにしろ、〝蠱〟を作り出してしまった者は、その〝蠱〟から離れることはできないのだから。離れようとすれば、その害が自分自身に及ぶ。だから、死ぬまで、〝蠱〟を養わなくてはならない。

「私がついています、だから、ご安心ください」

佐恵子は、百瀬洋造を優しく抱き寄せた。

「ああ、そうだね、君がいれば、大丈夫だね。君はなにしろ、しくじったことがない」

「はい。私は、仕事をしくじることはございません」

「君の声を聞いていると、本当にほっとする。……ああ、なんだかお腹が空いてきたな」

「なにか、とりましょうか？」

「そうだな」

「では、ホテルのデリバリーでも？」

「うん、頼む」

「なにが、よろしいですか？　洋食、和食、中華――」

「肉以外なら、なんでも。さすがに、今は肉は食べたくない。……ああ、それと、お酒も欲しいな。上等なシャンパンも頼む。……ああ、それより、こっちから出かけよう。ここにはなるべくいたくない。今夜は、ホテルに泊まるよ。紀尾井町のあのホテル、スイートルームをとってくれるかい？」

「かしこまりました」

「君も、今日は一緒に泊まるといい」

百瀬洋造が、懐かしい表情をしてみせた。二十四年前、初めてホテルで一夜をともにしたときの表情だ。

「ご用命とあらば」

佐恵子は、はにかみながらゆっくりと頷いた。

参考文献

『外商の真髄』伊吹晶夫著／講談社
『中国最凶の呪い　蠱毒』村上文崇著／彩図社
ウィキペディア

本文デザイン　アルビレオ
本文イラスト　タカヤママキコ

この作品は二〇一八年一月小社より刊行されたものです。

ご用命とあらば、ゆりかごからお墓まで

万両百貨店外商部奇譚

真梨幸子

令和2年4月10日　初版発行

発行人―――石原正康
編集人―――高部真人
発行所―――株式会社幻冬舎
〒151-0051東京都渋谷区千駄ヶ谷4-9-7
電話　03(5411)6222(営業)
　　　03(5411)6211(編集)
　　　振替00120-8-767643
印刷・製本―図書印刷株式会社
装丁者―――高橋雅之

幻冬舎文庫

ISBN978-4-344-42974-1　C0193　ま-25-6

幻冬舎ホームページアドレス　https://www.gentosha.co.jp/
この本に関するご意見・ご感想をメールでお寄せいただく場合は、
comment@gentosha.co.jpまで。